대학 이야기

80세 대학 총장의 열정

대학 이야기

80세 대학 총장의 열정

하토

목차

제1부

교직 생활 55년을 회고하며… 박주택 교수와 대담 •17

제2부

열정의 발자취

『80세 대학 총장의 열정』

  김병묵 총장님의 퇴임을 앞두고 그 누구하나 나서서 퇴임행사와 관련해 언급하는 자가 아무도 없었다. 이는 총장님께서 워낙 발이 넓으시고 덕을 많이 베푸신 분이기에 누군가가 보이지 않는 곳에서 준비하고 있을 것이라고 짐작했기 때문이었다.

  이러한 우리들의 판단은 잘못된 판단이었다. 당신께서는 그 누구에게도 폐 끼치기를 원하지 않으셨기 때문에 조용히 계셨던 것이었다. 주변의 눈치만을 살폈던 후학들과 제자들은 준비위원회를 구성하고 『80세 대학 총장의 열정』을 출간하기로 의견을 모으고 주변의 친지들에게 원고를 의뢰하셨다. 고맙게도 원고를 의뢰받은 모든 분들께서 바쁘신 와중에도 불구하고 총장님과의 인연과 친교를 회고하며 옥고를 집필하여 보내주셨다.

  부드러운 카리스마를 지닌 영원한 경희인! 신성인! 그분의 인간미, 깊은 사랑, 지도력, 친화력, 조직을 이끌어 가는 능력의 향기를 이 책을 통해 엿볼 수 있기를 바란다. 지혜와 덕목의 향기를 모두 다 말하자면 아마 이 지면이 모자랄 것이다. 『80세 대학 총장의 열정』에 실린 글들을 통해 김병묵 총장님의 면면을 조금이나마 함께 나눌 수 있게 됨을 기쁘게 생각한다.

김병묵 총장님! 부디 건강에 유의하시고, 현장 교육을 떠나시더라도 또 다른 인생 설계를 뜻대로 이루시기를 기원 드립니다.

경희대학교와 신성대학교의 발전을 위해 정말 수고 많이 하셨습니다! 감사합니다!

2023년 11월 김병묵 박사, 『80세 대학 총장의 열정』 간행위원회

황재국(강원대학교 명예교수)

金晄黙總長 대학이야기 刊行

二千二十三年 黃在國

熱情延年

* 그 열정 해마다 이어지리

도도히 흐르는 꽃 피는 강물처럼

박주택(시인)

언제나 한결같이 우뚝 서서 오늘까지 오셨습니다

참되거라, 아름다워라, 서로 사랑하라

제자들 보듬어 주시고 꽃피면 꽃피는 대로

바람 불면 바람 부는 대로 온 산을 덮는 눈처럼

평화였다가 도도히 흐르는 강물이었습니다

굽히지 않는 준령이었습니다

가야할 길과 가지 말아야 할 길 끝에서

깨우친 지혜는 얼마나 많은 이들의 가슴 속에 남아

삶을 변화시키고 익게 하셨습니까

시간을 다스리며, 운명을 다스리며

어두운 그늘 속에서는

또 얼마나 두꺼운 경전을 펴내셨습니까

또 얼마나 많은 일들을 이루어 내시겠습니까

불같은 열정으로

때로는 고요하고도 깊은 침묵으로

장대하고도 아름다운 길을 만드시겠지요

뜻 가운데 꼿꼿한 진리의 표지를 세우시겠지요

지금까지 걸어오신 길이

미래를 가르쳐 주듯

비 오면 비오는 대로

시간 속에 소리 없는 파문이 번지듯

세상을 밝히는 빛으로 환합니다

맑힌 마음으로 환합니다

기쁜 마음으로 꽃 피듯 도도히 흐릅니다

목련꽃 꽃잎에 추억을 물들이고

박충선(시인)

서태안 반도 앞바다에

너의 실핏줄에 흐르는 정열처럼

잔파도 연이어 푸르게 출렁이고

비린 갯바람은

가슴 깊은 곳에 이는

너의 인자하고 순수한 숨소리였다

캠퍼스 목련꽃 그늘을 밟고

등 굽은 어깨로 푸른 하늘을 지고 걷는

너는 외길 55년을 고집한 訓長

강의실 창밖으로

싱그런 젊음이 해 맑은 미소가

너를 닮아 희망으로 출렁이누나

제자들의 초롱초롱한 눈망울처럼 빛나는

밤하늘의 별을 보아라

너 씨 뿌려 결실한 저 들판에 오곡을 바라보아라

화사한 목련꽃 꽃잎마다에

제자들은 그리움을 수놓을 테고

너는 너무 진한 추억을 물들여 놓았지

지우기엔 너무 소중한

고황산, 덕마산 기슭 이 구석 저 구석 너의 발자취

봄마다 피어나리 나무와 풀과 꽃과 더불어

못다 준 사랑 다하지 못한 말

네가 사랑하는 후학들의

책갈피에 지펴주고 떠나려무나

빛나는 날들의 증언

윤홍선(시인)

그는 이 시대의 벌판을 함께 건너오며
뛰어난 용기와 정직의 마음으로
신앙과 교육의 큰길을 걸었네

한줄기 빛이 되어 어둠을 밝히고
따뜻한 위로와 사랑의 손바닥을 내밀어
힘든 사람들과 함께 손잡고
우리 시대의 고뇌와 고통의 언덕을 넘었네

진정한 가르침을 찾아
진정한 길을 찾아
매일 기도하고
매일 사랑과 축복을 나누었네

그가 머무르는 곳은

그가 가기 전보다

언제나 변화되어

보다 많은 빛으로 충만했네

우리가 우리의 어둠을 지우며

또 내일도 가야 할 끝없는 여정 속에

그는 또 어디로 떠나는지

또 어디에서 빛나는 별의 전설이 되는지

제1부

교직 생활 55년을 회고하며…
박주택 교수와 대담

80세까지 한결같은 의지로 열정을 쏟은

- 교직 생활 55년을 회고하며

대담 : 김병묵(신성대학교 총장)
　　　박주택(경희대학교 교수)
장소 : 신성대학교 총장실(충청남도 당진시 정미면 대학로 1)
일시 : 2023년 7월 18일(화요일)

1. 어린 시절과 성장기

박주택 교수 : 총장님 그간 편안하셨는지요. 지난번 찾아뵙고 오늘 이렇게 다시 뵙게 되어 반갑습니다.

김병묵 총장 : 박교수도 잘 지냈는지요? 여기까지 오느라 수고했습니다. 전화로 말씀드렸던 대로 자서전을 출판하고자 이 자리에 모셨습니다.

박주택 교수 : 총장님께서 경희대 총장으로 계실 때 제가 경희대 국문과에 재직 중이었고 같은 고향이라는 인연으로 오늘까지 찾아뵙고 인사드리는 영광이 있었던 것 같습니다. 오늘 총장님의 말씀을 듣는 뜻깊은 자리가 되어 더욱 감회가 새롭습니다. 그럼, 어린 시절부터 회상해 주시겠습니까?

김병묵 총장 : 나는 가난한 농부의 11남매 중 차남으로 태어났습니다. 워낙 가난했던 가정인지라 내 위의 형님만 초등학교에 보내고 나는 부모님과 함께 농사를 지어야 한다는 부친의 말씀에 따라 가사를 돌보게 되었죠. 동네의 다른 아이들은 다 초등학교를 다니고 있어서 나는 매일 울면서 아버지께 초등학교에 입학시켜 달라고 졸라댔어요(웃음). 결국 11살 때 1, 2학년을 건너뛰고 3학년으로 중도 입학했어요. 초등학교를 졸업 후 바쁜 농사철에는 학교를 안 가고 가사를 돌보기로 부친께 약속을 하고 서산중학교에 입학을 했어요.

박주택 교수 : 부모님께서 11남매를 키우시느라 고생도 많으셨겠네요. 배우고자 하는 열망과 목마름이 컸던 것도 있었겠지만 학업에 대한 열정이 정말 남다르셨네요.

김병묵 총장 : 그렇다고 볼 수 있어요. 서산중학교까지 9km 거리를 도보로 통학을 했는데, 새벽 동이 틀 때 집을 나서고 해가 지고 난 후 귀가

를 하는 생활을 3년이나 했으니까요. 당시
엔 고등학교 진학은 꿈도 꿀 수 없을 정도
로 가난의 연속이었어요. 그런데 당시 서울
체신고등학교, 교통고등학교, 국립목포해양
고등학교는 국립학교로 학비가 무료였거든
요? 그 중에서도 국립목포해양고등학교는
교복 제공은 물론 기숙사까지 갖춰져 있어
서 해양고를 선택했는데 다행히 합격을 했습

국립목포해양고등학교 시절

니다. 3학년이 되면 실습선을 타게 돼요. 4월에 첫 실습선을 타는 교육과
정은 목포에서 여수까지 필수적으로 왕복을 하게 되는데 나는 체질적으
로 심하게 뱃멀미를 하는 사람이었어요. 뱃사람이 될 수 없는 체질이었
던 거죠.

박주택 교수 : 그때부터 진로에 대한 고민을 하신 거군요.

김병묵 총장 : 네. 방향을 바꿔야 한다는 결심을 하게 된 거죠. 당시의 기
숙사 생활은 새벽 6시에 기상을 하고 저녁 9시에 도서실 소등을 하고
취침을 하였습니다. 나는 몇몇 선생님과 교장선생님의 특별한 배려로 도
서실에서 공부할 수 있는 특혜를 받으며 매일 새벽 2시까지 공부를 했
고 1963년 10월 달에 경희대학교 장학생 시험에 응시하여 합격을 했어
요.

경희대학교 총학생회 변론부 활동

2. 경희대학교 설립자 조영식 총장님과의 인연

박주택 교수 : 그때부터 경희대학교와의 인연이 시작된 거군요. 조영식 총장님과의 인연은 어떻게 이어진 건가요?

김병묵 총장 : 경희대학교 법과대학 법률학과에 입학한 게 1964년도입니다. 나는 총학생회 변론부에 들어가 1학년 때 전국웅변대회에 출전을 하여 대학, 일반부에서 1등을 했습니다. 학생처장께서 나를 데리고 총장실로 안내했습니다. 인자하신 총장님께서는 반갑게 맞이하시며 격려를 해 주셨고 그렇게 맺은 총장님과의 인연으로 웅변장학금까지 특별히 배려를 받을 수 있었습니다. 졸업 후 나는 ROTC로 임관하여 2년 3개월간 초급장교 생활로 군복무를 마치게 됐어요. 군생활을 시작하면서 첫 봉급은 부모님께 송금하였고 두 번째 봉급부터는 장학금으로 모교에 보냈어요. 당시엔 전교생이 대학본관 앞에 한 달에 한 번씩 모여 특강을 듣는 교양특강제도가 있었어요. 어느 날 조영식 총장님 특강시간에 이런 졸업생도 있다며 나를 소개하셨죠.

박주택 교수 : 당시에 사정이 힘드셨을 텐데 모교에 장학금까지 기부하셨다니 학교에 대한 애정이 남달랐던 것 같습니다.

김병묵 총장 : 입학해서 졸업할 때까지 장학금을 받았고 ROTC 지원 시

에도 총장님의 배려가 있었으며 군에서 전역하자마자 총장님께서는 나를 대학 사무처 직원으로 특별히 채용하시며 대학원에 진학시켜 공부를 계속할 수 있도록 큰 도움을 주셨어요.

그리고 1973년도에 자매교인 일본긴키 대학에 유학을 보내주셔서 외국인 최초로 갑호 법학박사 1호를 취득하고 모교 법대교수로 부임한 후 12대 총장까지 역임을 하였습니다.

그리고 주례까지 서주셨구요.

김 병 묵 (경희대)

ROTC 임관식 후

박주택 교수 : 경희대 12대 총장으로 취임할 당시 축사로 온 인사들의 면면을 살펴볼 때 총장님의 인망과 폭넓은 대인 관계를 대변해주는 듯합니다.

김병묵 총장 : 취임식에 김종필 총리, 심재식 전 총장님, 국회위원들, 어윤대 고려대학교 총장님과 각 대학총장들 교육부 장관을 대신하여 서범석 차관 등 각계 인사들이 참석해 주셨습니다. 박윤흔 전 환경부 장관, 김용철 전 대법원장, 김동길 연세대 명예교수, 영화배우 정준호 군도 참

경희대학교 총장 취임식

경희대학교 총장 취임식

조영식 학원장님으로부터_교기를 전수받다

총장 취임식_김종필 전 총리의 축사

총장 취임식_교육부장관 축사(서범석 차관 대독)

총장 취임식_어윤대 고려대학교 총장 축사

총장 취임식_김종필 전 총리, 조영식 학원장님

총장 취임식_오정명 여사의 축하를 받다

총장 취임식_심태식 전 총장님

총장 취임식_김선도 광림교회 목사님

총장 취임식_이병하 신성대 총장님

총장 취임식_김용철 전 대법원장

총장 취임식_박윤흔 전 환경부 장관

총장 취임식_이기우 전 교육부 차관

총장 취임식_김동길 연세대학교 명예교수

총장 취임식_손학규 전 보사부 장관

석해 주었어요.

박주택 교수 : 여기 신성대학 설립자인 이병헌 이사장도 보이네요. 아주 가까운 사이라고 알고 있습니다.

김병묵 총장 : 아주 가까운 사이죠. 우리 경희대학교 경제학과 13회 졸업 생 선배이시고, 신성대학 설립할 때부터 서로 뜻을 모으며 조언을 했으니까요.

박주택 교수 : 일본 긴키대학에 유학, 갑호 1호 법학박사 취득 후 귀국하셨죠.

김병묵 총장 : 아, 1973년 자매교인 긴키대학(近畿 大学)으로부터 4명의 유학생을 받아들이겠다는 초청장을 접했어요. 나도 그 중 한명으로 선발되었습니다. 그 당시는 한국인이란 호칭을 사용하지 않고 조센진이란 호칭을 사용할 때였어요. 차별이 극심할 때였죠. 김치나 마늘을 먹으면 면전에서 냄새가 난다고 피하는 것은 예사였어요. 다른 3명은 견디다 못해 1년 만에 귀국했습니다.
그러나 나는 궂은 수모 속에서도 끝까지 견뎌내며 갑호 법학박사 1호를 취득하였어요. 갑호 박사(박사 과정 중 취득하는 학위)를 했어요. 대부분 박사과정 중에 학위취득을 못하고 과정이 끝나고 최소 10여 년 이후

법학박사 1호(한국일보 일본어 판)

일본유학 시절_일본 긴키대 오꾸하라 교수와 함께

32

일본유학시절 장남, 차남, 처와 함께

가족일동

주례 조영식 총장님을 모시고

결혼식에 참석해 주신 오정명여사(조영식 총장님 사모님)

결혼식장에서의 부모님

결혼식장에서의 장인, 장모님

긴키대학교 교환교수 시절_일본 그린크로스총재 이와사끼 박사와 정혜선 여사

에 취득하는 논문박사 즉, 을호 박사를 받게 되는데, 나는 박사과정 7년 만에 갑호 1호 박사를 취득하고 학원소요가 극심했던 1980년 4월에 모교의 부름을 받고 법과대학 교수로 부임했습니다. 귀국한 첫 주에 교내 게시판에 족벌체제 물러가라는 광고가 게시되었는데 거기에 내가 학원 장님 사위로 둔갑되어 물러나라고 게시되었습니다.

박주택 교수 : 저도 당시가 기억납니다. 대략 제가 국문과 3학년 때인데 그때 사학의 족벌재단과 어용교수의 문제로 교육계와 학내가 떠들썩했지요. 당시의 여론이나 분위기를 생각해보면, 마음 고생이 극심하셨을 듯합니다.

김병묵 총장 : 물론 힘들었지만, 나는 선배교수로서 당당히 후배, 제자들을 대하며, 학생처장, 법대학장, 행정대학원장, 기획조정실장, 부총장을 거쳐 제12대 총장까지 역임을 하고 2008년에 정년퇴임을 했어요. 조영식 총장님께서는 내 결혼식 주례까지 서 주셨고 뇌경색으로 쓰러지신 후 회복하시는 기간 중에도 매주 1회씩 병석으로 저를 불러 사립학교법 개정에 앞장 서서 반대하라고 격려와 함께 지침을 주셨죠. 지금은 하늘 나라에 계신 총장님을 그리워하며 두 손 모아 명복을 빕니다.

박주택 교수 : 학교에서 일을 도맡아 하면서 학교 안팎으로도 역할을 많이 하셨지요.

김병묵 총장 : 긴키대학 때 인연을 맺은 학생들이 한국을 방문하고 싶다고 해서 김대중 전 대통령에게 간담회를 요청해서 김대중 도서관에서 2시간 동안 간담회를 개최한 일이 있습니다.

3. 무장공비 침투 작전시 화랑무공 훈장 수상

박주택 교수 : 화제를 잠시 돌려보겠습니다. 총장님께서 군복무 시절 화랑무공 훈장을 수상하셨는데 그에 관해서 말씀 좀 해주시죠.

김병묵 총장 : 1968년 1월 21일 북한 김신조 일당의 청와대 피습사건에

이어 11월에 삼척, 울진지구에 130여 명의 무장공비들이 출현해 목적을 달성하지 못하고 북한으로 되돌아가는 사건이 발생했어요. 당시 11사단 9연대 3중대 2소대장으로 복무했던 나는 강원도 평창군 평창면 두절리 깊은 산골 3부 능선에 200m 간격의 호를 3개 파고 북상하는 무장공비들을 차단하는 작전에 투입되었죠. 당시 소대 단위엔 아무런 통신방법이 없었어요. 밤 10시가 통행금지 시간이었기 때문에 그 시간 이후 민간인을 사살해도 문책을 받지 않았거든요.

박주택 교수 : 당시에는 한반도의 상황이 긴장감이 역력했으니까 유사시에는 그랬겠네요.

김병묵 총장 : 네. 그래서 근무 중 수상한 사람이 나타나면 실탄 한 발을 발사하고 5:5 정도로 판단되면 실탄 2발을 그리고 100% 무장공비로 판단되면 실탄 3발을 발사하라는 현장교육을 시킨 후 작전에 임했지요. 그때 소대장은 가운데 초소에 위치했고 11월 30일 밤 12시에 월남 갔다 온 선임하사가 지키는 첫 번째 초소에서 느닷없이 총성 3발이 울렸어요. 이건 100% 무장공비가 나타났다는 신호거든요? 소대장 초소엔 경찰관도 1명 배치됐었어요. 나는 그 경찰관과 내 전령을 대동하고 첫 번째 초소로 뛰어 내려갔어요. 3분의 2 정도 내려갔을 때 뒤를 돌아보니 경찰관과 전령은 되돌아 가버리고 난 후였어요. 나는 선임하사 이름을 부르며 소대장이 합류하니 걱정 말라며 1초소 쪽으로 뛰어들었습니다.

경희대학교 총장 시절_KAL기 납치범 김현희와 대담

박주택 교수 : 생사가 오가는 순간이니 기억이 정말 선명하시겠습니다.

김병묵 총장 : "소대장님 엎드리세요"하고 선임하사가 다급한 목소리로 외쳤습니다. 선임하사는 우리 병사들의 총에 맞을 수 있다고 판단하였던 거죠. 엎드리라는 선임하사의 외침에 놀라 엎드린 순간 어느 한 사람의 발이 걸렸습니다. 깜짝 놀라서 우리 병사로 판단하고 "나 소대장이다 넌 누구냐?"고 물었어요. 그랬더니 느닷없이 "이 좆간나 새끼!"하며 30발 장전된 아까보 소총(AK-47)을 나를 향해 다 발사했어요. 순간 나는 정신을 잃었습니다. 몇 분이 지난 후 정신을 차렸을 때 나는 무장공비 배 위에

올라타서 왼손으로 목을 조르며 오른손으로 얼굴을 쥐어박고 있었어요. 나는 그 무장공비가 의식을 완전히 잃은 것을 확인하고 우리 초소로 뛰어 올라갔습니다. 그리고 또 정신을 잃었어요. 병사들이 볼 때 검은 눈동자가 한 점도 안보이고 흰 눈동자만 보였다고 해요. 한참 후 다시 깨어난 후 최초 발견자로부터 설명을 들으니 무장공비로 확신되는 자가 밤 12시에 정면에 나타났을 때 실탄 3발을 발사했는데 갑자기 사라졌다는 거예요. 나중에 확인한 일이지만 3발 중 한 발이 무장공비의 장단지에 맞아 기동이 불가능한 상태에서 나와 격돌하게 되었고 내 왼손에 목이 졸린 채 오른손 주먹에 맞아 눈 한 쪽이 빠져나가고 이빨이 다 으스러진 모습으로 숨겨 있었습니다. 즉 나한테 맞아 죽은 것으로 결론이 내려졌습니다.

박주택 교수 : 말씀만 들어도 당시의 생생한 격전 상황에 몸서리가 쳐집니다. 정말 목숨이 오가는 일촉즉발의 순간이었겠습니다. 당시 그 공로로 화랑무공 훈장을 받으셨죠?

김병묵 총장 : 간첩을 잡은 이튿날 아침 9시에 1군 사령관 한신 장군과 군단장 김재명 장군, 이세규 사단장, 1군 사령부 보안대장 등이 헬리콥터로 우리소대 진지 현장에 도착했어요. 한신 1군 사령관은 소대장인 나로부터 상황을 보고 받고, 소대원들을 격려해 주시며 작전이 끝나는 대로 훈장을 상신하고 관계자 모두 포상을 한 뒤 특별휴가조치를 취하라고 사단장에

경희대학교 총장 시절_김관진 육군 참모총장과 함께

게 지시를 했어요. 그 당시 민간인이 간첩 신고를 하면 30만원의 포상금
이 나왔는데 나는 현역임에도 불구하고 화랑무공훈장과 함께 34만원의
포상금을 받았죠. 선임하사가 인헌무공훈장, 그 외 대부분의 소대원들이
대통령 표창, 1군 사령관 표창, 군단장 표창, 사단장 표창 등을 받았습니다.
술 한 잔 사라는 주변의 성화에 응하다 보니 포상금은 34만원을 받았는
데 나중에 계산해보니 술값으로 38만원이나 지출했더라구요(웃음).

4. 교육자이자 행정가로서 총장의 역할

박주택 교수: 말씀을 듣다 보니 총장님께서는 문과 무를 겸비하셨다는 느낌입니다. 교육자로서 그리고 대학 전체를 책임지는 행정가로서 경희대학교 총장으로 취임하신 후에 기억에 남는 일이 있으면 소개해 주시죠.

김병묵 총장: 2003년 경희대학교 제12대 총장으로 선임된 직후 수원캠퍼스 부총장으로부터 브리핑을 받던 중 캠퍼스 운동장 3분의 2 지점으로 용수고속도로가 지나간다는 보고를 받았어요. 당시 경기도지사는 김문수 지사였는데 지사가 앞장서서 도민과 도의회를 동원하면서 정부에 건의했음에도 불구하고 계획 설계를 거쳐 실시 설계 단계로 넘어갔고 국무회의까지 통과되어 우리 구성원들의 청원도 무시된 채 변경할 수가 없게 되었다는 브리핑이었습니다. 그 소리를 들은 나는 무슨 일이 있더라도 그것만은 내가 막아야 되겠다는 결심을 하고 우선 청와대 각 수석실을 방문해 호소를 했어요. 하지만 이미 실시설계 단계에서 국무회의까지 통과되었기 때문에 대학이 양보해야 된다는 반응이었어요. 청와대 각 수석실을 방문하고 난 후 나는 과천에 위치한 국토교통부를 찾아갔습니다.

장관으로 취임한 지 나흘밖에 안 되는 강동석 장관과 마주 앉았어요. 그간의 과정을 열토하며 내 얘기를 들은 강 장관은 캠퍼스 내에 도로가 지나간다는 것은 설계가 잘못된 사안 같다며 처음 듣는 얘기니 바로 관계자로부터 보고를 받아 볼 테니 오늘은 그냥 돌아가시라며 엘리베이터

앞까지 배웅을 하며 친절히 대해 주었어요. 그리고 그날 검토를 한 후 오후에 대학 사무처장을 불러 국무회의에서 주무장관으로서 재론해보 겠으니 총장께 보고 드리고 기다려달라는 전언을 들었어요. 결국은 강 동석 장관께서 국무회의 의결을 뒤집고 추가 국고를 들이면서 신갈호수 쪽으로 설계를 변경하는 것으로 마무리지었어요. 강동석 장관에게 무한 한 고마움을 느낍니다.

박주택 교수 : 어떻게 보면 우리 학교의 역사가 달라질 수도 있는 상황이 었는데, 강 장관님의 판단과 총장님의 파워풀한 역할이 기여한 바가 큰 것 같습니다. 총장님께서는 우리 학교뿐만 아니라 사립학교 전체를 대신 해서 애쓰신 경험도 있으시지요?

김대중 대통령_긴키대학 학생들과

김병묵 총장 : 2004년도였을 겁니다. 노무현 정부는 사립학교법을 위헌성이 짙은 내용으로 개정하려는 움직임을 보였어요. 이에 국립대학을 비롯해 사립대학 총장들이 반대에 나섰어요. 국립대학총장협의회와 사립대학총장협의회, 여기에 각종 종교단체와 지식인들이 총망라하여 위헌성을 지적했습니다. 나는 국공립사립대학을 총괄하는 한국대학교육협의회장으로서 노무현 정부에 정면으로 대항하며 투쟁에 앞장섰어요. 서울대학교 정운찬 총장과 고려대학교 어윤대 총장의 적극적인 도움을 받았죠. 대교협의 제안으로 오찬을 겸한 청와대 간담회는 도중 결렬 직전까지 가는 분위기였어요. 노무현 정부는 무리하게 사립학교법을 개정했고 우리는 물러서지 않고 헌법재판소에 위헌소송을 제기하며 계속 투쟁한 끝에 정부 스스로 몇 개 조항을 개정한 것이 현행 사립학교법이에요.

사립학교법 개정투쟁시_노무현 대통령과

박근혜 대통령_민주평통부의장 임명장 수여식

경희대학교 총장 시절_반기문 외교부 장관과 업무협약 체결

경희대학교 총장 시절_이명박 대통령과

경희대학교 총장 시절_일본 자민당 아베 신조 간사장 초청 간담회

경희대학교 총장 시절_정세균 국회의원에게 경희인상 수여

경희대학교 총장 시절_전 일본 아베 수상 본교방문

경희대학교 교수 시절_일본수상 가이후 도시끼 관저 방문

5. 심장 이식 수술과 하나님 은혜

박주택 교수 : 반세기가 넘는 시간을 학교 경영에 힘쓰면서 건강은 괜찮으셨습니까.

김병묵 총장 : 2018년도였어요. 어느 날 새벽 2시경 나는 내 침실에서 심한 고통을 느끼며 잠에서 깨어났어요. 숨이 막힐 정도의 고통 속에서 응접실을 건너 아내의 침실까지 기어가서 불을 켜며 정신을 잃었어요. 놀란 아내는 구급차를 불렀고 진료 자료가 있는 경희의료원으로 가자고 했으나 위낙 응급환자라 가까운 병원으로 가야 한다며 서울대학교 분

당병원으로 안내했죠.

응급 수술실에서 내과의사로부터 오른쪽 심장에 두 개의 스텐트를 박고 기능이 거의 상실된 왼쪽 심장은 이튿날 몇 개 과의 회의를 거친 후 수술하기로 결론내고 11시에 가족의 동의를 받은 후 수술한다는 계획이었어요. 그리고 이튿날 아침 9시에 내과 담당교수의 회진이 있었는데, 7~8명의 전문의 수련의사들이 동행을 했어요. 주치의는 나에게 가족대표를 11시에 보내라며 다음 환자 자리로 이동을 했습니다. 그런데 그중 제일 뒷자리에 섰던 여의사가 주변의 눈치를 보며 나에게 다가와 "여기서 수술을 하면 안 됩니다. 혜화동 본원의 김효수 교수를 접촉해서 시술을 받아야 살 수 있습니다. 저의 시아버님이라면 여기서 수술을 시키지 않겠습니다"라는 말을 남기고 내 자리를 떴어요.

박주택 교수 : 기가 막힌 말씀이네요.

김병묵 총장 : 사실은 어젯밤에 경희의료원장과 심장내과 과장이 내 가족을 만나고 돌아간 후 경희의료원 김수중 심장내과 과장이 서울대 본원의 김효수 교수에게 우리 총장님을 살려달라고 애원하며 매달렸다고 합니다. 그런 천신만고 끝에 아침 10시에 김병묵 환자를 긴급 이송시키라고 연락을 하여 10시 30분에 혜화동 본원에 후송되었습니다. 본원에서는 먼저 정형외과에서 검토한 결과 2개월 정도 지나야 수술이 가능하다고 판단하였으며 김효수 심장내과 교수는 2주 후면 시술이 가능하다

왼쪽부터 장남 완영, 처 정혜선, 본인, 차남 영성

고 판단하여 나의 자료를 미국학회에 보내 조언을 받겠다고 했어요.

박주택 교수 : 생명을 구해 주신 은인이시네요.

김병묵 총장 : 김효수 교수는 미국에서 수술이 아닌 시술의 의료기술을 연마한 후 서울대 교수로 부임한 후 200회 이상의 시술을 한 건의 실패 없이 성공하여 미국학회로부터 세계적인 의사로 평가를 받는 분이었어 요. 그 분이 보내준 자료를 검토한 미국학회는 2주 후의 시술에 동의하 고 다만 기성제품을 사용하지 말고 특별히 맞춤제품을 사용하는 것이

좋겠다는 회신을 주었어요.

나의 목 우측에 열 바늘 이상의 주사를 꽂아 심장 기능 역할을 시키며 배를 열지 않고 사타구니를 통해 시술을 하여 목숨을 살려냈어요. 만약 서울대 분당분원에서 수술을 했다면 나는 저세상 사람이 됐을 거라는 본원 측의 후일담이 있었는데, 분원의 여의사님과 김영란법에 따라 중간에 새 환자를 끼워 넣을 수 없는 상황 속에서도 나를 받아주신 본원의 김효수 교수님은 내 생명의 은인이시죠. 시술 결과도 아주 좋아 지금은 6개월에 한 번씩 체크를 받고 있습니다. 함께 동행하여 주신 하나님께 감사드리고 있습니다.

박주택 교수 : 지금까지 55년을 넘게 교육인으로서, 학교 경영인으로서 총장님과 대화를 진술하고도 감명 깊게 나누었습니다. 무엇보다도 힘든 어린 시절부터 생사를 오갔던 군인 시절, 그리고 총장 시절까지 한결같은 의지로 그리고 투철한 신념으로 꿋꿋하게 걸어오신 이야기를 들을 수 있었습니다. 총장님과의 격의없는 대담에 깊이 감사드립니다.

김병묵 총장 : 여러가지 말들을 성의 있게 받아주시고 편하게 이끌어 주셔서 고맙습니다. 깊이 감사드립니다.

신성대학교 총장 취임식

신성대학교 총장 취임식

신성대 총장 취임_강창희 국회의장 축사

신성대 총장 취임_이수성 전 총리 축사

신성대 총장 취임식_정세균 의원

신성대 총장 취임식_조정원 전 경희대 총장,
이대순 한국대학 총장 협의회장, 이용구 중앙대 총장(왼쪽부터)

신성대 총장 취임식_박명광 전 국회의원, 임덕규 전 국회의원, 박윤흔 전 보사부장관,
이정수 전 대검차장, 윤원중 전 국회 사무총장, 김동완 전 국회의원

신성대 총장 취임식

ROTC중앙회장 활동_제12대 ROTC 중앙회장 취임식

덕성여대 이사장 시절_덕성여대 입학식

제2부

열정의 발자취

좋은 가르침과 삶의 모범을 보여주셨던 형님!

김영식 前 대교협 사무총장 / 前 교육부차관

형님으로 부르던 총장님이 퇴임이라구요. 평소에 총장님이라는 호칭보다는 형님, 형님하고 부르던 김병묵 총장님이 퇴임이라며 한마디 해달라고 원고 청탁을 의뢰한 후 한동안 나는 묵상에 잠겼습니다.

그 이유는 김병묵 총장님과는 기억에 남는 좋은 일도 많았지만 우선은 그러한 좋은 추억들이 엊그제였던 것 같은데 세월의 무상함이 덧없어서 제 경우에 남은 세월을 어떻게 보내야 할지에 대해 잠시 생각하는 시간을 가질 수밖에 없었기 때문입니다.

제가 교육부 과장 때였을 것으로 기억됩니다만 정확치는 않습니다. 그때 총장님께서는 아마 경희대학교 기획조정실장이었던 것 같습니다만 처음 뵈었을 때 첫 눈에 사나이 중 사나이 같은 패기와 열정으로 학교문제와 여러 가지 일들에 대해 얘기를 나누었습니다. 그래서 저도 처음부터 굉장한 호감을 가졌고 아마 그날 저녁 노래방으로 갔던 것으로 생각이 납니다.

그런데 그날 저녁에 결국 형으로 부르게 된 역사적인 사건이 생겼지요. 저는 보통 노래방에 가면 노래곡목이 대체로 정해져 있지요. 저는 대체로 서정적이고 분위기 있는 노래를 좋아하지요. 예를 들면 최성수의 '동행', '해후', 조용필의 '친구여', 김종찬의 '당신도 울고 있네요' 등등의 곡입니다.

당시 연령으로 보나 어느 모로 보나 김병묵 총장님이 먼저 노래를 부를 수밖에 없었지요.

그래서 김 총장님께서 먼저 노래를 불렀는데 아니 이게 웬일입니까? 노래를 정말 감정을 넣어서 잘 부르셔서 앙콜을 청했지요. 그런데 전부 제가 부르려고 마음먹은 곡들만 몇 곡이고 계속 부르시는 게 아닙니까?

노래를 부르시는 성향이나 좋아하시는 선곡 기준이 저하고 너무 같으신 것 아닙니까?

그런데 제가 부르려고 마음먹은 곡들 다 부르시면 저는 뭘 부릅니까? 좀 황당하지 않겠습니까?

그래서 그날 저녁 제가 마음을 먹었지요. 형님으로 부르기로 말입니다.

그날부터 김병묵 총장님과 저는 형님, 동생 하기로 하고 저는 김병묵 총장님께 동생으로서의 충성맹세(?)를 했습니다.

어떻게 보면 극히 지엽적인 만남의 일부분일 수 있겠지만 그 사건(?)을 통해서 저는 김병묵 총장님의 성격과 생활철학, 그리고 총장님만의 특유의 인간적인 신뢰와 리더십을 이해할 수 있었습니다.

그 후 세월이 흘러서 김병묵 당시 기획조정실장님이 학교에서 여러 보직을 거쳐 부총장, 총장직을 맡게 되면서 교육정책에 어려움이 있을 때마다 의논과 상의를 드렸고 많은 인간적인 배려와 도움을 받으면서 오늘에 이르렀던 것 같습니다.

벌써 햇수를 계산하면 50년여의 세월이 어느덧 훨씬 지났습니다.

정말 세월은 덧없는 것 같네요.

그런 지난 세월의 기억과 흔적이 어제 일같이 생생 합니다.

항상 뵐 때마다 인생의 선배로서 좋은 가르침과 삶의 모범을 보여주셨던 김병묵 총장님, 그리고 그 인자하신 생각의 깊이와 인생의 넓이에 대하여 항상 가졌던 존경의 마음을 이 글을 통해 다시 한번 표하고자 합니다.

과거 한국사립대학교총장협의회장으로서, 한국대학교육협의회장으로서 사립학교법 개정에 소신과 철학으로 의견 개진에 앞장서셨던 그 모습이 지금도 눈에 선합니다.

이제 80세까지 열정을 쏟았던 총장직을 내려 놓으시며 지난날의 희노애락을 정년퇴임을 하시면서 지난날의 힘든 시간을 정리하시고 좀 더 건강 유지에 시간을 많이 할애하시기를 바랍니다. 마지막 남은 일이 있다면 시간 되실 때에 저하고 다시 한번 노래방 들러서 최성수의 '해후'와 '동행', 조용필의 '친구여' 그리고 김종찬의 '당신도 울고 있네요'를 불러야 합니다. 그런데 이번에는 동생인 제가 이 모든 노래를 먼저 부른다는 조건하에서 말입니다.

김병묵 총장님, 항상 건강하십시오.

한결같음과 새로움을 겸비한 이 시대의 진실한 봉사자

김정석 광림교회 담임목사

"내가 진실로 진실로 너희에게 이르노니 한 알의 밀이 땅에 떨어져 죽지

아니하면 한 알 그대로 있고 죽으면 많은 열매를 맺느니라"

(요한복음 12:24)

짙은 푸름이 더해가는 이 계절, 열매를 기다리는 농부들의 땀방울을 생각하게 됩니다. 평생을 교육자로 헌신하시며 농부와 같은 마음으로 후학들을 위해 땀방울을 흘리신 김병묵 총장님께서 퇴임을 하신다니 축하의 말을 전해야 할지, 아쉬움을 전해야 할지 난감함을 이루 말할 수가 없습니다. 그러나 그분의 꿈과 열정을 생각한다면 저의 아쉬움이 기우(杞憂)가 아닌가 하는 생각이 듭니다.

김병묵 총장님은 우리 교회의 권사님이시며, 오랫동안 겸손과 사랑의 모습으로 신앙의 모범을 보이고 계신 분입니다. 신앙인으로서 김병묵 권사님은 한결같으면서도 끊임없이 변화하시는 분입니다. 한 자리에서 50여 년을 헌신하신다는 것은 한결같은 마음 없이는 불가능합니다. 변화하는 세상 속에서도 자신의 본질이 무엇인지, 맡겨진 사명이 무엇인지

를 알고 지키시는 분이십니다. 어려운 일이 닥쳐올 때마다 기도로 해결하는 참된 신앙인이십니다.

또한 날마다 새로운 마음으로 연구하고 봉사하며 자신의 뼈를 깎는 수고를 마다하지 않는 분이십니다. 특별히 리더로서 정확한 비전과 그에 따른 구체적인 일들을 감당하기 위해 모든 일을 하기 전 하나님께 묻고, 구하는 모습을 보며 열정 뒤에 있는 기도의 무릎을 발견하게 됩니다. 권사님께서 이토록 열정적으로 모든 맡겨진 일들을 하시는 것은 분명 그분의 뒤에서 일하시는 하나님이 계시기 때문인 줄 믿습니다.

특별히 김병묵 권사님의 신앙 이야기를 통해 하나님의 섭리와 계획하심이 놀랍다는 것을 깨닫게 됩니다. 여러 번 죽음의 위기에서 살려주시고, 또 그것을 깨달아 하나님의 귀한 전도자로 삼아주셨습니다. 경희대 강당에서 동료 교수들과 학생들에게 신앙간증과 함께 복음을 전하셨다는 이야기를 듣고 권사님의 하나님을 향한 뜨거운 사랑과 진실한 마음을 발견할 수 있었습니다.

한 알의 밀이 땅에 심겨져 많은 열매를 맺는 것처럼 권사님의 헌신과 신앙은 이 땅에 한 알의 밀이 되어 많은 이들에게 큰 감동이 되었습니다. 이제 권사님의 선한 행동을 통해 많은 젊은 이들이 살아계신 하나님을 발견하고, 타인을 위해 일하는 진실한 봉사자로 살아가게 될 것을 기대해 봅니다.

다시 한 번 권사님의 퇴임을 축하드리며, 한결같으면서도 날마다 새로운 열정으로 봉사하신 권사님의 인생에 하나님의 인도하심과 큰 축복이 함께하시기를 기도하겠습니다.

바른 판단과 용기 있는 실천

김종량 한양대학교 이사장

김병묵 총장님을 생각하면 옳고 그름을 판별하는 지혜를 가지셨을 뿐아니라 자신이 가진 소신을 용기 있게 실천에 옮기시는 분이라는 생각이 먼저 떠오른다. 물론 법학을 전공했다고 해서 누구나 그러한 지혜와 덕목을 지닐 수 있는 일은 아니겠지만 아무래도 법학이라는 학문의 길을 걸으며 스스로를 채찍질하여 자연스럽게 몸에 밴 삶의 덕목과 지혜가 아닌가 한다. 그래서 그분과 함께 있다 보면 삶의 지혜와 덕목에서우러나는 오래 익힌 삶의 향기를 맡게 된다.

나는 김병묵 총장님을 경희대학교 총장님으로 취임하기 전까지는 그대학의 법학과 교수로서 부총장을 역임하신 분이라는 건 알고 있었지만그분의 성품과 인격까지를 알 수 있도록 가까이에서 자주 뵐 기회는 없었다.

그러다가 2003년 경희대학교 총장으로 취임하시면서부터 여러 모임에서 뵐 수 있는 기회가 잦아졌고 더구나 한국사립대학교총장협의회장과한국대학교육협의회장에 취임하여 많은 활동을 하시게 되면서 총장님을 더욱 가까이에서 뵐 수가 있었다.

나는 가까이에서 김병묵 총장님을 뵈면서 여러 가지를 배우고 깨닫는 기회를 얻게 되었다. 총장으로서 학교 운영에 기울이는 열정이나 학교 경영의 새로운 방법 그리고 후학들에 대한 사랑은 내게는 중요한 배움의 대상이었지만 그보다도 가장 인상적으로 내게 남아 있는 것은 그분이 지니신 바른 판단의 지혜와 용기 있는 실천의 정신이었다.

　세상에는 올바른 판단의 지혜를 가졌지만 실천적 삶으로 연결하지 못하는 사람들도 있고 반면에 자신이 가진 소신을 용기 있게 주장하는 듯하지만 그 주장이 억지로 느껴지게 만드는 사람들도 많다. 아마 전자의 경우는 소신을 실천에 옮길 수 있는 용기를 가지지 못한 사람들이고 후자는 합리적이고 바른 판단에 바탕을 두지 않은 까닭일 것이다. 사실 살아가면서 올바른 판단에 바탕을 두고 자신의 소신을 용기 있게 실천에 옮기는 분을 만나는 일은 그리 쉬운 일이 아니다.

　이런 면에서 볼 때 나는 김병묵 총장님이야말로 올바른 판단 아래 자신의 소신을 용기 있게 실천에 옮길 줄 아는 이 시대의 몇 안 되는 진정한 의미의 지식인이라 생각한다. 김병묵 총장님께서 사립대학교총장협의회와 한국대학교육협의회의 회장을 지내시면서 사립학교법 개정과 관련하여 보여주신 바른 판단과 용기 있는 행동을 보면서 이런 생각을 하게 된 것이다.

　우리나라의 사립학교들은 여러 가지로 어려움에 처해 있다. 사실 공립학교와는 달리 학교마다 차별화된 설립 목적을 가지고 있는 사립학교들은 그 설립 목적을 근거로 차별화된 교육을 일궈가는 일은 당연한 일이다. 더구나 사립학교들은 정부로부터 충분한 재정적 지원을 받는 것도 아니어서 여러 가지 어려움에 당면해 있다. 우리나라 교육을 책임지고 있다는 자부심으로 학교 발전을 위한 자구책을 강구하기 위하여 많은 노력을 기울여왔지만 쉬운 일은 아니었다. 이러한 사립학교의 어려움은 도외시한 채 사립학교를 개혁해야 한다는 명분으로 사립학교들의 거센 반발 속에서도 정치권에서부터 사립학교법 개정 움직임이 감행되었다.

물론 사립학교 내에도 변화되어야 할 부분이 없는 것은 아닐 것이다. 그러나 변화의 가장 좋은 방법은 내부로부터의 변화라고 생각한다. 외부에서 더구나 정치권으로부터 개혁이라는 미명 아래 행해진 사립학교법 개정은 사립학교들의 반발을 사기에 충분했다.

사립학교들의 설립 목적까지 무시한 채 행해진 사립학교법 개정에 전국의 사립학교들이 반발을 했지만 정치권은 법 개정을 강행했다. 물론 그 후 사립학교들의 큰 반발에 부딪친 정치권이 재개정을 통해 얼마간 문제점을 해소하기는 했지만 개정안이 발의되고 국회를 통과했을 때에는 그야말로 사립학교들은 존폐의 위기를 맞이할 수밖에 없는 상황이었다.

이때 김병묵 총장님은 개정안의 문제점에 대한 명확한 판단을 내리실 수 있는 분이었다. 김병묵 총장님께서는 법학을 전공하신 분답게 개정안의 문제점을 일일이 지적하고 비판하였다. 김병묵 총장님의 법 개정에 대한 이러한 비판은 여론까지 호도하며 법 개정을 강행하려는 정치세력들로부터 온갖 위협을 받을 수밖에 없었다. 그러나 김병묵 총장님은 결코 그러한 위협에 굴하지 않았다. 그것은 소신을 굽히지 않는 용기를 가지셨기에 가능한 일이었다.

　부당한 사립학교법 개정에 반대하고 이의 원상회복을 위하여 많은 분들이 노력하였다. 이 가운데에도 김병묵 총장님의 지혜와 용기 있는 행동은 함께 노력하는 분들에게 큰 힘이 되었고 결과적으로는 법안의 재개정을 이끌어내는 성과를 거두었다. 이 일은 함께 일했던 여러 사람들에게 결코 잊히지 않는 일일 것이다.

　이제 김병묵 총장님께서는 총장직 퇴임으로 교육과 학교 행정의 일선에서 물러서게 되셨지만 그 분이 지니신 올바른 판단의 지혜와 용기 있는 실천의 정신은 후학과 후배들의 영원한 귀감이 되리라 생각한다. 퇴임을 맞이하신 김병묵 총장님의 건강을 기원하며 퇴임 후 김 총장님께서 펼쳐 나가실 새로운 세계에 대하여 큰 기대를 해본다.

단상

김주형 변호사 / 前 경희법조인회 회장

평소 존경하는 김병묵 총장님께서 어느새 퇴임을 맞이하신다니 빠른 세월의 흐름에 놀라며 지난 추억들이 주마등처럼 스쳐지나갑니다. 법대 4년 후배로서 50년 넘게 친교를 가지면서 총장님께 느꼈던 단상을 몇 가지 적고자 합니다.

총장님은 열정의 사나이로 사셨습니다. 강단에서 열정적으로 후학들을 지도하셨고, 경희대학교 기획실장, 부총장, 총장으로 그리고 신성대학교 총장으로 재직하실 때는 열정을 다하여 일하셨습니다. 학교와 동문들의 발전을 위해서라면 물불 가리지 않고 시간에 구애됨이 없이 발 벗고 나섰습니다. 그 모습은 강렬하고 아름다웠습니다.

총장님은 언어의 연금술사였습니다. 연설은 물 흐르듯 하면서도 힘찼고, 간결하면서도 핵심을 찔렀습니다. 회식 자리에서도 구수한 입담으로 다양한 화제를 선점하며 좌중을 울리기도 하고 웃기기도 하였습니다.

총장님은 일본어에 능통합니다. 현우회(한국, 일본, 대만을 대표하는 각 10여 명씩의 회원으로 조직된 모임)로 세미나를 할 때 간사로서 회의를 진행하면서 회원들의 발언 내용을 즉석에서 일본어를 한국어로, 한국어를 일본어로 통역하셨는데 전문 통역사보다도 더 매끄럽고 충실하였습니다.

총장님은 멋진 승부사 기질을 가졌습니다. 골프를 쳐보면 평소에 느끼는 강인함에 더하여 신중함과 집중력이 뛰어나고 특히 승부처에서 믿기 어려운 롱퍼팅을 성공시키는 등 멋진 승부사 기질을 발휘합니다.

총장님은 마음이 크고 따뜻하신 분입니다. 친교의 폭이 넓지만 주위의 어려운 사람들, 도움을 필요로 하는 사람들에게도 항상 관심과 위로를 아끼지 않으셨고 힘을 보태어 주셨습니다.

고 우재풍 동문께서 불의의 사고로 돌아가셨을 때 그가 고인과 유족들에게 보내신 관심과 지원은 그의 크고 따뜻한 마음에서 우러나온 것으로서 경희동문들에게 감동을 안겨주었습니다.

이제 총장님께서 퇴임을 맞이하신다 해도 학교와 사회 나아가 국가를 위하여 아직도 총장님께서 하실 일이 많을 것이므로 존경하는 총장님! 부디 건강하시고 하느님의 은총이 충만하시기를 기원합니다.

金昞默 總長 退任에 드리는 賀詞

김하준 前 국립여수대학교 총장

동안의 미소·호방한 웃음소리가 귓가에 훤한데 김 총장님의 퇴임 소식!

참으로 쏜살같은 세월이 덧없이 많이도 흘렀습니다.

김병묵 총장님과는 1980년 국보위 시절에 초대면하였지요. 그때 저는 교육부 대학정책실 학원담당 과장으로 일하였고 김 교수님은 경희대 학생처장이었습니다. 당시 연세대는 박영식 학생처장(후일 총장), 고려대는 어윤대 학생처장(후일 총장)으로 기억됩니다.

전국 대학 휴교령이 내려져 대학의 문을 닫았고 물밑으로는 학생지도 대책을 세우고 매일 학생 500명씩 선정하여 전방 철책 체험교육을 실시하면서 학원 안정 및 면학 분위기를 정착토록 하는 작업을 추진하는 한편 닫힌 대학의 문을 열어야 하는 어렵고 힘든 일에 심신이 고달팠던 시절. 저에게 참으로 많은 지도와 조언, 귀한 의견을 주셔서 큰 도움을 받은 기억이 새롭습니다. 일본 대학의 소요와 진정, 그리고 새로운 학풍으로 세워나간 경험들을 귀띔해 주었기에 나름대로 방향을 잡을 수가 있었습니다.

국보위 시절의 학원 문제는 참으로 심각하고 힘들었던 일이었으나 쉽게 풀어나갈 수 있도록 훈수하여 주었기에 좌절을 딛고 용기를 얻었던 일들이 생생하게 떠오릅니다. 그때부터 호형호제로 친분을 쌓아 제가 대통령 비서실, 교육부 기획관리실, 교육평가원, 교원공제회, 여수대학교 등 어느 곳에서 무슨 일을 맡든 항상 후견적 역할을 해주었기에 김 박사는 나를 위해 세상에 보낸 사람이라고 느껴왔습니다.

제가 늦게 공 치는 맛을 안 때쯤인 87년경이라 생각됩니다. 의정부 어느 골프장에서 만나자는 약속을 하였는데 차에서 내리는 김 박사가 한쪽 다리 전체를 깁스한 채로 나타나 어떻게 된 일인가 놀라 물어보았더니 오늘이 약속 날이기에 현장까지 와서 첫 샷을 하고 돌아갈려고 나왔다는 얘기였습니다. 왜 전화로 연락하면 될 것을 그 몸으로 여기까지 왔느냐니까 무슨 소리냐며 이것이 골프 약속의 기본이 아닙니까 그말을 듣고 경희대 조영식 학원장님의 사람을 보는 혜안을, 그리고 김 박사가 어떤 사람인가를 다시 알게 되었습니다.

그 후 본인이 교원공제회에 근무할 때 IMF로 국가 세수가 동이 나 공익법인에 대하여도 특별 세무조사를 하고 퇴직 교육자 생계비 지급 부분에도 소득세를 5년간 소급하여 추징을 하겠다면서 정부가 백수십억을 과세한다기에 김 박사에게 걱정스럽게 말하였는데 김 박사는 당시 막강한 실세였던 그의 후배 모국회 의원에게 추징의 부당성을 설득하였고 교원 공제회에 한하여 전향적인 방향으로 검토토록 하여 추징을 모면케 하였습니다. 이로 인해 그는 아직도 구세주 같은 분으로 각인되어

70

있습니다. 김 박사님은 그 후 처장, 학장, 대학원장, 부총장, 그리고 총장으로 승승장구하였고 사립대학 총장협의회 회장, 대학교육협의회 회장 등 우리나라 고등교육 정책에도 지대한 영향을 주어 왔으며 탁월한 추진력과 남다른 인화력으로 대학 총장들 간의 깊은 신뢰와 존경을 받아온 참으로 자랑스럽고 외경스러운 우인이기도 합니다. 68년도 ROTC 초임장교 시절, 육박전으로 남파 무장간첩을 맨손으로 때려잡고 화랑무공훈장을 수상한 군 경험담으로, 그리고 여행을 같이 할 때는 훈장의 위력과 수혜를 자랑하는 천진함에서 또 다른 면의 김 박사를 보게 됩니다.

이제 교육자로서의 어려운 몸가짐에서 한 끈을 풀고 진실한 교인으로 경건히 기도하는 김 박사의 모습 또한 믿음직하고 자랑스럽습니다. 부디 건강하시고, 오랜 교육자 생활을 헌신 보좌하신 어부인 정 여사님께 즐거움을 드리는 일이 늘그막에 가장 귀하고 소중하다는 사실에 충실하시기를 바랍니다.

그를 존경하는 이유에 대하여

김효수 예비역 육군소장 / 前 ROTC 6기 동기회장

사서오경 중 "대학"에는 동양 철학의 행동 원리를 격물(格物)·치지(致知)·성의(誠意)·정심(正心)·수신(修身)·제가(齊家)·치국(治國)·평천하(平天下)라고 하였다. 격물치지는 사물의 이치를 연구하여 지식을 완전하게 하는 것으로 '나라를 편안하게 다스리려 하는 자(者)는 그에 앞서 가정을 화목하게 해야 하며 자신의 심신을 수양해야 한다'고 말한다.

나는 정국이 혼란스럽고 국익보다는 파당에 의한 국론 분열이 일어날 때마다 지도자들이 문제의 본질을 정확하게 파악하지 못하는 것을 바라보면서 참다운 지도자로 춘강 김병묵 총장을 항상 떠올리게 된다.

춘강 김병묵 총장은 나와는 ROTC 6기 동기생이며 50년이라는 세월의 인연을 이어온 친구이자 스승으로, 나는 어느 누구보다도 그를 잘 알고 있다. 우리들이 살아온 지난 50년을 되돌아보면서 무(無)에서 유(有)를 창조하는 그의 리더십은 민족의 성웅이며 역사의 면류관이라고 칭송하면서 대다수의 국민들이 숭앙하는 이순신 장군의 리더십과 닮은 점이 많다는 생각을 한다.

영국의 해상 전쟁 전문가인 G.A.Ballard 제독은 이순신 장군에 대한

논평에서 이순신 장군의 전승(戰勝) 요인은 탁월한 리더십과 그칠 줄 모르는 공격 정신이라고 극찬하면서 이순신 장군이 영국의 넬슨 제독보다 나은 점은 기계 발명에 대한 비상한 재능을 가진 창의력이라고 하였다.

춘강 김병묵 교수는 젊은 장교 시절에 탁월한 리더십으로 최강의 전투부대를 만들었으며, 울진·삼척 지역에 투입된 무장공비 소탕 작전에서 투혼의 군인정신을 발휘하여 동기생 중에서 최초로 '화랑무공훈장'을 수상하였고, 보직 교수로 재직 시에는 민주화 과정에서 공권력으로부터 학생들을 보호하고 그들이 훌륭한 지도자로 거듭나도록 선도하였다. 특히 대한민국ROTC중앙회가 선배 기수 회장들의 불화와 갈등으로 재정적자의 난관에 봉착하여 대한민국ROTC중앙회장직을 서로 사양할 때 동기생들의 적극적인 권유와 추천으로 대한민국ROTC중앙회 12대 회장에 취임하여 4~5년 동안 누구도 해결하지 못한 불화와 갈등을 치유하는 리더십을 발휘하여 새로운 위상의 대한민국ROTC중앙회를 만들었으며, 15만 ROTC 회원의 인화와 단결을 도모하였다.

이는 무(無)에서 유(有)를 창조한 것으로 '명량해전'에서 12척의 전선(戰船)으로 왜선 130여 척을 격파하고 전쟁을 승리로 이끈 이순신 장군의 리더십과 닮은 점이 있다고 생각된다. 명량해전에서 이순신 장군은 필사즉생(必死則生) 필생즉사(必生則死)의 사생관을 견지하고 전투력이 열악한 어려운 상황에서 솔선수범과 진두지휘로 무(無)에서 유(有)를 창조하였으며 조류와 유속을 작전에 활용하는 지혜와 통찰력을 발휘하여 전쟁을 승리로 이끌었다.

나는 예비역 장군으로 35년 동안 군대 생활을 하면서 항상 '솔선수범과 책임완수'를 생활 지표로 삼으면서 부하들을 지도해 왔고 예편 후에 경희대학교 대학원 박사과정에서 리더십을 연구하였다. 나는 평소에 춘강 김병묵 총장을 자주 접하면서 군 생활을 많이 한 나보다도 어렵고 힘든 일에 솔선수범하고 앞장서서 지도하며 문제의 핵심을 찾아내는 지혜와, 문제해결을 위한 통찰력과 창의력에 감동한 바가 많으며 그를 친구 및 동기생으로 존경하고 있다. 특히 그를 존경하는 이유는 그는 격물치지(格物致知)와 수신제가(修身齊家)의 경지에 도달하였으며, 그의 지혜와 올바른 가치관 및 사생관, 그리고 뛰어난 통찰력 등은 이순신 장군이 명량해전에서 무(無)에서 유(有)를 창조하여 전쟁에서 승리한 리더십과 유사하기 때문이다.

　퇴임하는 춘강 김병묵 총장의 업적은 경희대학교와 신성대학교 및 대한민국ROTC중앙회 발전사에 영원히 남을 것이며, 그에 대한 바람은 훌륭한 리더십을 바탕으로 앞으로 나라를 위해 그리고 후학들을 위해 더 큰 일을 하기를 기대해 보는 것이다.

하사(賀詞)

박규직 대한민국ROTC중앙회 초대회장

　춘강 김병묵 총장의 퇴임 출판기념회를 갖게 된 것을 진심으로 축하드립니다. 후학들이 위대한 석학의 족적을 영원히 기리자는 이 같은 의식은 학계의 아름다운 관행입니다. 다만, 춘강 같은 인물이 현역에서 떠나야 한다는 아쉬움이 따릅니다. 그러나 매사에 관한 그의 열정과 지칠 줄 모르는 성품으로 견주어 볼 때, 춘강의 세상은 퇴임 후 더욱더 커지고 새로워질 것이란 확신을 갖습니다.

　춘강이 이룩해 놓은 학문적 업적이나 우리나라 대학발전에 기여한 공헌을 부연할 필요는 없을 것으로 생각됩니다. 경희대학교 총장, 한국대학교육협의회장, 한국사립대학교총장협의회장, 신성대학교 총장 등 그의 경력에 더 이상의 언급은 부질없는 사족이 되기 때문입니다. 짧지 않은 세월 동안 춘강과 교분을 맺어오면서 늘 그의 일거수일투족에서 새로운 의미를 접했던 추억들을 소개하는 것이 하사를 초하는 뜻에 부합되리라 믿습니다.

　춘강과 인연은 ROTC 동문 선후배 관계로 맺어졌습니다. 1990년 대한민국 ROTC 중앙회를 창설하면서, 1기인 본인은 과분하게도 초대회장에 추대되었고, 당시 6기 출신으로 경희대학교 교수인 춘강은 동문사회에 이름이 알려져 있던 인물이었습니다. 1968년 초급장교 시절, 남파된 무장공비를 맨손 격투로 생포하여 화랑무공훈장을 수여받은 그는 문무를 겸비한 ROTC출신 장교의 명실상부한 표상이었습니다. 그 후, 춘강에 대한 회원들의 존경심은 더욱 공고해졌습니다. 정직하되 모나지 않고, 겸허하되 의로우며, 사양할 줄 아는 솔선수범형의 인성은 오늘을 사는 우리에게 진정 큰 귀감이 되었습니다.

'큰 나무에 바람 잘 날 없다'란 속담처럼, 15만 ROTC 동문 모임에도 산적한 난제들이 허다했습니다. 제12대 대한민국ROTC중앙회장에 추대되어 제9대와 제10대 간의 해묵은 불화의 큰 불씨를 일거에 척결한 춘강의 업적은 쾌거였습니다. 군 장교로서의 용기, 법학자로서의 양심, 신앙인으로서의 정의, 교육자로서의 책무 등등의 조합으로 일궈진 춘강만의 독특한 인성이 아니라면, 이룩해 낼 수 없었던 일이었습니다.

또한 범인이라면, 자리에 누워 일어날 수도 없는 병마에 시달리면서도 춘강의 자태는 변함이 없었습니다. 오른손을 성경 위에 올려놓고 표정 하나 흐트러지지 않은 채 국사를 걱정하던 의연한 모습도 기억합니다. 당시 "춘강은 머지않아 병마를 털고 일어나겠구나"란 본인의 예상은 빗나가지 않았고, 지금은 건강한 모습을 되찾아 이전보다 더욱 활발한 사회활동을 펼치고 있습니다.

"춘강에게 정년퇴임이 없다"면 억지처럼 보여질 수 있습니다. 그러나 청년 시절에 다져졌던 ROTC정신이 그의 내면세계에서 소멸되지 않는

한, 춘강의 삶에는 은퇴란 낱말은 존재하지 않을 것입니다. 우리는 놀라운 생명력으로 이 시대 새로운 가치를 창조해나가는 모습에서 매번 그를 새롭게 인식했던 소중한 경험을 갖고 있습니다.

그래서 미구에 춘강이 또다시 국가와 민족의 새로운 동량으로 그 역할을 수행하게 될 것을 확신합니다.

앞으로 할 일이 더 많은 사람

박명광 前 국회의원

일 년여 후면 내 앞에 닥칠 일이지만, 내가 평생 동안 자랑스럽게 생각해온 친구, 김병묵 총장이 퇴임을 맞게 되었다. 회고컨대 감회가 깊지 않을 수 없다.

김 총장과 나는 참으로 질긴 인연으로 엮이어 온 셈이다. 우선 고향이 같은 충청도이다. 그는 서산, 나는 홍성, 바로 이웃 군(郡)이다. 같이 중·고등학교를 다닌 바는 없지만 그의 친구들이 다 내 동창이요, 내 친구들이 바로 그의 동창들이다. 또 김 총장의 형님이 바로 나의 고등학교 3년 선배시다. 그러기에 그는 가장 아끼는 장조카의 결혼 주례를 내게 부탁하기도 했다. 그때 결혼한 장조카가 지금은 회사를 설립해 사업을 잘하고 있다.

김 총장은 참으로 장점이 많은 친구이기 때문에 내가 배워야 할 것이 한두 가지가 아니다. 그중에서도 가장 부러운 것이 그의 한없는 겸손함이다. 자기를 낮추고 끝없이 남을 높이는 탁월한 철학과 처세술의 소유자가 바로 김병묵 총장이다. 그런 예는 한두 가지가 아니다.

내가 국회의원이 되고 얼마 안 되어 충청도 출신 명사들이 함께하는 조찬모임에서의 일이다. 김 총장이 마이크를 잡고 한 인사의 첫 마디가 "저는 박명광의원의 후원회장을 맡고 있고 경희대학교 총장 김병묵입니다."였다. 그러면서 그는 덕담을 보냈다. "박 의원의 후원회장 자리는 경쟁률이 5:1이 넘었는데 본인이 발탁되어 영광이다." 대부분의 참석자들이 박장대소했다. 모임이 끝난 뒤 함께 참석했던 어떤 국회의원이 나를 더 부러워하게 됐다고 농담을 했다. 그가 날 부러워한 이유는 모두가 꺼려하는 정치인의 후원회장 자리가 5:1의 경쟁률을 보였기 때문이 아니라 그렇게 말할 수 있는 훌륭한 친구를 갖고 있는 내가 인간적으로 부럽다는 얘기였다. 자기를 낮추고 남을 치켜세워 주는 데 한 수가 있는 김 총장 덕분에 일어난 해프닝이었다.

그가 스스로를 낮추는 예는 여기에서 그치지 않는다.

자기의 이름을 남에게 알려줄 때 스스럼없이 "병신 병에 묵사발묵"이라고 표현하는 것도 그렇고, 총장 재직 시나 지금이나 한 살만 위라도 선배, 동문들에게는 "형님 저 병묵인데요"라고 친근하게 전화하는 태도도 그렇고…….

그래서 그는 만인(萬人)으로부터 사랑을 받는다.

이런 그의 처세는 타고나지 않으면, 생활 속에 배어 있지 않으면 안 될 한없는 겸손함에서 우러나오는 것이라고 나는 확신한다.

그리고 그것은 그 누구에게도 뒤지지 않는 그의 투철한 자신감에서 기인한 것이기도 하다. 그러기에 그는 한번 옳다고 판단하거나, 해야 한다고 결단하면 굴절 없이 관철시키고야 마는 의지의 소유자이기도 하다.

그것이 오늘날의 김병묵을 존재하게 한 원동력이기도 하다.

그의 모교애(母校愛)는 극치의 전형이라 할 수 있을 것이다. 그의 인생은 언제나 경희와 함께였다. 조영식 학원장님에 대한 존경과 사랑은 제자 수준을 뛰어넘는 것이었다. 거의 무대보였다.

1980년도의 학원사태, 1984년도의 수원 이전 반대 데모, 90년대의 크고 작은 학내분규, 2000년대에도 그치지 않았던 사건 사고와 부총장 시절 그의 대응 원칙은 언제나 학교의 안정과 학원장님의 안위였다.

그가 총장으로 재직하고 있을 때 대교협의 종합평가와 ○○일보 평가 결과에 하도 매달려 있기에 내가 "평가는 평가이니 너무 신경 쓰지 말라"고 조언을 했더니 그는 "대학에 대한 평가에 따라 사회가 우리 대학의 등급을 매기니 나도 등급 올리기 위해 최선을 다 할 뿐이다."라고 단순하게 대답했다.

그의 이런 저돌적 돌파주의가 결국 그해 우리 대학의 평가 결과에 그대로 반영된 것은 재언할 필요가 없을 것이다. 그는 학원장님을 기쁘게 하기 위해서라도 대학평가를 잘 받아야 한다고 생각했던 사람이다.

그가 총장 재임 때 어떤 선배 교수의 정년퇴임식에서 말한 격려사가 기억난다.

"정년을 영어로는 retire라고 하는데 그것은 65년간 하나의 tire로 달려왔으니 이제 tire를 바꿔 끼고 (re-tire)새로운 인생을 달리라는 의미가 바로 정년이다."라는 말이었다.

언제나 정열적으로, 원칙과 소신대로, 그리고 경희대학교와 신성대학교의 발전만을 위해 뛰어온 김 총장이 그 원칙 지켜가며 그의 전화번호처럼 99세까지 88하게 살아가길 진심으로 기원해 마지않는다.

그는 지난날보다도 앞으로 할 일이 더 많은 사람이기 때문이다.

새로운 삶에 대한 기대

박명규 재 캐나다 / DAL-COLLETTO HOLDINGS LTD. 대표

김병묵 총장의 후학들이 원고를 청탁했을 때 하잘것없는 잡문이라 격을 떨어뜨릴까 염려스러워 거절했으나 거듭된 요청을 차마 물리칠 수 없어 몇 자 적어보고자 한다.

김 총장과는 50년 가까이 각별한 우정을 나누고 있기에 자연 그대로의 인간관계를 중심으로 글을 쓰지 않을 수 없다. 그와는 법과대학 입학 동기로서 50여 년이 지났지만 대학 재학시절에는 별 교류가 없었고 단지 웅변 잘하는 학생이구나 하는 정도로 알고 있었다.

그러던 우리가 다시 만난 건 졸업 후 10년이 지나고 그가 일본 유학을 마친 후 본교 법과대학 조교수로 부임한 이후이다. 나는 당시 몸담고 있던 대기업을 그만두고 조그만 회사를 경영하고 있었을 때인데, 30대 후반이던 우리들은 가끔 모여 테니스도 치면서 우정을 다지다가 그때 동기들 중심으로 각계에서 활발히 활동하던 몇 명이 모여 황림회(凰林會)란 친목모임을 결성하였다. 최초 멤버는 김병묵 박사와 최순휴 전 서울신탁은행지점장(당시 대리), 황의채 변호사, 고 박정섭 경무관(당시 서대문서 수사과장) 그리고 필자 등 5명으로 출발하였으나 차츰 회원이 늘

어 나중에는 10명 가까이 확대되었다.

연륜이 생기면서 각자 몸담고 있는 곳에서 비중도 커지고 또한 우정도 돈독해지면서 우리들은 수시로 만나 즐기는 운동도 테니스에서 골프로 바꾸고 술집도 전전하며 인생을 논하고 젊음을 불사르는 인생의 황금기를 같이 겪어 왔다.

이제 모두들 80을 넘기는 나이에 우리들의 유능한 친구들이 단순히 숫자놀음에 불과한 나이란 굴레에 묶여 모두 다 정년퇴임을 하고 적적한 노년을 맞고 있는 상황에서 또 한 사람의 특출한 친구가 80까지 몸담았던 대학을 떠나고 있다. 사회적으로도 커다란 손실이 아닐 수 없다. 인생에 있어서 진심으로 마음이 통하는 친구 한두 명을 가질 수 있다는 것은 그 어떤 축복보다도 행운이라는데 그런 면에서 나는 김 박사와 같은 좋은 친구를 가진 것을 하느님께 감사한다.

내가 한국에서 건강상의 이유와 다른 복합적인 일로 하던 사업을 접고 캐나다로 이민 갈 때 김 박사 부부가 공항에서 건네주던 성경책을 볼 때마다 나는 그와의 약속을 온전히 지키지 못하고 있는 자책감에 시달리곤 한다. 옛날 젊었던 한때는 나와 거의 매일같이 술집을 드나들던 그가 어느 날 갑자기 그리스도를 영접하고 완전 새사람으로 변모하였을 때 나는 그를 못되게 구박하면서도 한편 그의 의지와 용기를 부러워하였다.

오랫동안 못 만나게 되면 우정은 소원해질 수 있다. 정말 좋은 친구는 마음을 열 수 있는 친구라야 하고 일생을 두고 사귀는 친구다. 늙어서는 더욱 그렇다. 내가 캐나다로 이민 온 후 김 박사는 동부인해서 두 번, 혼자 한 번 모두 세 차례나 멀리 이곳 나를 찾아주었다. 나도 자주 한국을 방문하지만 그때마다 그를 만나는 것이 무엇보다 우선이다.

그는 우리들의 훌륭한 본보기였으며 매사에 적극적이고 능동적인 삶을 살아왔다. 나도 천혜의 자연환경을 가진 아름답고 살기 좋은 이곳에서 제2의 인생을 만족하게 살고 있으며 '인생은 의미 있는 것이며 그 의미를 찾는 것이 삶이다'라는 말이 있듯이 이제 팔순을 넘긴 나이에 지나간 생을 돌아보니 무엇이 옳은 건지, 무엇이 그른 건지, 어떻게 살아야 잘 사는 건지, 어떻게 살아야 좋은지 갈등하며 혼란스러웠던 때도 있었지만 무난히 극복하고 왔다는데 자위를 느낀다.

그런 의미에서 우리들의 자랑스러운 친구 김 총장은 가장 다이나믹하게 그의 인생을 성공적으로 살아왔고 이제 은퇴하지만 또 다른 알차고 보람된 삶이 그를 기다리고 있을 것이라 확신한다.

김병묵 총장의 정년을 맞이하여

박재규 경남대학교 총장

인간은 계절을 먹고 산다고 한다. 계절이 바뀌듯 인간의 삶은 그저 덧없이 흘러간다는 얘기일 것이다.

김병묵 총장께서 퇴임을 맞았다고 하니 실로 믿어지지 않는다.

내가 김병묵 총장을 만난 것은 1970년대 중반으로 더듬어진다. 김 총장이 일본 긴키대학(近畿大學)에서 유학하고 있을 때이다. 생각해보면 벌써 50년 가까이 흘렀다. 나는 일본에 갈 때마다 자주 김 총장을 만났다. 그는 유학하면서 고생도 많이 했지만 어찌 보면 행운아였는지도 모른다. 지금은 세상을 떠나고 안 계시지만, 친한파로서 한·일간의 국교수립시에 막후에서 한국 측에 많은 도움을 주었고 자민당 고문변호사로서 정계나 법조계 그리고 학계에 많은 영향을 끼쳤던 오꾸하라 다다히로(奧原 唯弘) 교수가 김 총장의 유학 시절 지도교수였으며, 그분은 김 총장을 무척이나 아끼고 사랑하였다. 나와도 깊은 친분관계를 유지하였던 오꾸하라 교수는 내가 일본에 들러 만날 때마다 김 총장을 불러냈다. 그리고 우리 셋은 한일간의 우호증진 및 협력관계 그리고 양국 간의 학술교류에 이르기까지 다양한 의견을 나누었다. 또한 그분은 한국을 수차 방문한 바 있는데 그때마다 김 총장을 대동하였다. 그런 분의 특별한 학문적 지도와 남다른 사랑을 받았기 때문에 일본국 내외인을 포함하여 김 총장이 긴키대학의 갑호 1호 법학박사 학위를 취득하는 영예를 얻지 않았나 하는 생각이 든다.

김 총장은 1980년도 봄, 학원소요가 극심할 때 모교 경희대학교 법과대학 교수로 부임하여 학생처장, 법대학장, 행정대학원장, 기획조정실장, 부총장 그리고 총장직까지 오르면서 경희대학 발전에 지대한 공헌을 세웠다.

김 총장은 무엇보다도 2005년부터 2006년도까지 2년간에 걸쳐 한국사립대학교 총장협의회 회장을 맡으면서 사립학교법 개정반대운동에 앞장섰던 인물이다. 악법 중에 악법으로 위헌적 요소가 물씬 풍기는 사립학교법을 전국의 사학인은 물론 일부 시민단체 및 국민들과 함께 개정반대운동을 적극적으로 전개하였지만 국회 통과로 모두가 허탈감에 빠져 있을 때도 그는 용기를 잃지 않고 나를 찾아와 '재개정운동을 전개할 테니 박 총장님이 크게 힘을 보태셔야 합니다'하고 도움을 요청하기도 했다.

나는 김 총장과 50년 가까이 깊은 인연을 맺고 있지만, 그의 강력한 추진력과 지도력 그리고 불타는 정의감과 용기, 또한 고매한 인품과 열정을 보면서 그를 좋아하지 않을 수 없다.

사립학교법은 아직도 개정해야 할 부분이 많이 있지만 그의 끈질긴 추진력 끝에 국민적 호응과 전국 사학인들의 힘을 모아 결국은 재개정을 이루어 내기도 하였다.

　요즘같이 나라가 어지럽고 혼란스러울 때 그리고 교육의 현장이 무너지고 있다고 국민들이 걱정들을 많이 하고 있을 때, 김 총장 같은 분이 총장 퇴임이라고 하니 왠지 마음 한구석이 허무하게만 느껴진다. 그러나 경영학의 시조 '피터 드러커'는 66세에서 86세까지 20년간이 자기 인생의 황금기였다고 한다. 김 총장은 정년이라고 하지만 이제부터 새 출발을 한다고 생각한다. 아직도 그는 해야 할 일이 많이 남아 있다. 한국 교육계와 대한민국의 미래를 위해서 그는 앞으로도 현장에서 뛰어야 할 인물이다.

제2의 개화기

박종철 前 주 일본 요꼬하마대한민국총영사

정년은 개인이나 가정생활에 있어 혁명이고, 인생에 있어 큰 사건이라고들 합니다. 그러나 춘강 김병묵 총장님의 퇴임은 인생의 '제2의 개화기'라고 생각합니다. 한번 결심하면 반드시 해내시는 분, 긍정적인 사고와 전체이익을 위해 생각하시는 분, 언제나 열정을 바칠 목표가 있는 교육계의 큰 인물이십니다. 그러나 목표 달성도 중요하지만 과정도 충분히 즐기시면서 보람 있고 재미있는 일을 많이 찾으시고, 후배들을 위해 많은 가르침을 주시기 바랍니다. 또한 일본에 대해 누구보다도 깊이 있게 연구하신 분이니 한일관계 발전을 위해 많은 조언과 의견을 제시해주시면 감사하겠습니다. 自尊好緣하시고 많은 사람들에게 따뜻한 정을 베풀어 주시기 바랍니다.

정년도 막지 못하는 열정, 팔방미인 김병묵 총장

박찬법 前 금호아시아나그룹 부회장 / 前 경희대학교총동문회장

김병묵 총장을 떠올리면 먼저 나는 '헷갈린다'고 말하렵니다. 도무지 종잡을 수 없는 그만의 색깔 때문입니다. 정수리는 갈색이고 먹은 흰색, 그런가 하면 등은 녹색입니다. 영락없는 팔색조입니다.

학자 김병묵과 전공 부문의 학문적 대화를 나누다 보면, 소위 논증적이면서도 섬세하고 조심스러워 문약하다는 느낌까지 받게 됩니다.

간첩을 때려잡아 화랑무공훈장을 받았던 ROTC 군 장교 김병묵은 또 어떨까요. 당시의 무용담을 얘기할 때면, 그런 박력과 힘과 열정이 어디서 나오는지 가늠하기 어렵습니다.

신앙인으로서의 그를 만나게 되면, 겸손과 진지, 순종, 이런 단어들이 오롯이 그를 둘러싼 이미지로 다가옵니다. 그러니 헷갈리지 않을 재간이 있겠습니까?

80세까지 총장으로 재직하다 퇴임하는 김 총장을 보면서 다양한 색깔의 이미지가 하나도 퇴색하지 않았다는 점에서, 청춘 같은 그 열정에 절로 고개가 숙여집니다. 솔직히 부럽습니다.

우리 모두가 기억하는 바와 같이 그는 우리들의 모교 경희대학교와 신성대학교를 업그레이드시킨, 발로 뛰는 활동파 총장이었습니다.

그는 우국충정에 용감한 면모를 보여왔는데, 한국대학교육협의회장, 한국사립대학교총장협의회장으로서, 〈사학법 개정 반대운동〉에서 강력한 리더십을 발휘하기도 했습니다.

무엇보다 그는 모교가 배출한 동문 총장이었기에 동문에 대한 애정이 각별했고, 동문들의 경조사, 병문안 등에는 빠지는 법이 없었고, 정·관·재계를 막론하고 주위 사람 챙기는 데 게으름을 피우는 법이 없었습니다.

그를 향한 동문들의 칭송은 차고 넘쳤고, 마침내 그는 2007년 11월 〈경희인의 밤〉 행사에서 '자랑스러운 경희인 상'을 수상합니다. 저는 동문회장으로서 김 총장께 동문회 최고의 상을 전달할 수 있어서 유쾌하고 행복했습니다.

경희의 팔방미인으로서 열정적으로 달려 온 김 총장께서 퇴임 하신다니 서운한 점 없지 않지만, 이 자서전 출판을 통해 김 총장의 고매한 학문적 성취는 물론이고 그와의 아름다운 추억을 반추할 수 있어 다소간 위안이 됩니다.

김병묵 총장께서 앞으로도 모교와 동문회의 발전을 위해 멈추지 않는 열정을 쏟아 주실 것으로 믿어 의심치 않으며, 앞날에 건강과 행운이 충만하시길 기원합니다.

90

신비(神秘)의 사나이

배태수 前 세종재단 감사

(김병묵 총장님은 모든 분이 존경하는 훌륭한 인격자이시며 나 또한 당연히 그렇게 생각하고 있으나 그럼에도 불구하고 나는 오히려 인간 김병묵을 더 사랑하고 좋아하기 때문에 여기서는 일부러 경칭을 쓰지 않으려고 한다)

1970년대 중반이라고 기억한다. 당시 일본 동경의 한국대사관에서 근무하고 있던 나에게 한 통의 전화가 걸려 왔다. "선배님, 저 경희대 법대를 나온 후배 되는 사람인데요, 심태식 교수님이 꼭 연락하라고 해서 전화 드렸습니다." 이것이 인간 김병묵과 나와의 첫 인연이다. 김병묵이 나에게 '신비의 사나이'로 다가오게 되는 첫 계기가 된 것이다.

그가 오사카의 긴키(近畿)대학에서 오쿠하라 교수의 지도로 각고의 노력으로 법학박사 학위를 취득하게 된 것은 모두들 잘 알고 있는 일이기에 더 설명을 붙이지 않는다. 다만 그는 오사카, 나는 동경, 500km나 떨어져 있으면서 얼굴도 모른 채 몇 년 동안 목소리로만 경희 동문으로서의 정을 이어갔다. 그가 공부하는 동안 부끄럽긴 하지만 나는 그에게 해

준 것이 하나도 없었다. 밥 한 끼 같이 한 적도 없다. 그러던 그와 처음 대면하게 된 것은 조영식 학원장님께서 학교 일로 동경에 출장 오셨을 때였다. 학원장님의 소개를 통한 첫 대면이었지만 우리는 이미 예전부터 잘 알던 친구로 오랜만에 만나는 것 같은 그런 따스함을 느꼈었다. '신비의 사나이'의 제2단계 과정이다.

그 후 1980년대 초 내가 서울에서의 근무를 위해 귀국하였을 때 김병묵으로부터 연락이 왔다. 일본에서의 신세(?)를 갚기 위하여 한잔 사겠다는 것이다. 신세 진 것 하나도 없으면서 한잔 내겠다는 것이니 미안해서라도 나갈 수 없는 처지였지만 좋아하는 후배 얼굴 보기를 마다할 수도 없어서 나가기로 했다. 갔더니 놀랍게도 그곳에는 심태식 선생님 그리고 나와 동기인 정태류 군도 같이 자리하고 있었다. '신비의 사나이'가 완성단계에 이른 것이다.

사람에게는 누구에게나 따뜻한 은혜를 받거나 가르침을 받았던, 잊을 수 없는 너무도 존경스러운 분이 몇 분씩 있게 마련이다. 나와 '경희'와의 관계 속에서 말한다면 많은 분들이 계시지만 그중에서도 딱 세 분, 존경과 경외의 일념으로 항상 고맙고 감사하다고 생각하는 분이 계신다.

다름 아닌 조영식 학원장님, 심태식 선생님 그리고 가장 가까운 친구인 정태류 군이다.

학원장님으로 말하면 더 상세히 언급할 것도 없다. 나를 입학 때부터 졸업 때까지 그리고 그 후 사회인이 되고 나서도 언제나 친자식 이상으로 물심양면에서 나를 키워주셨고 이제 나로 하여금 '경희'를 가장 자랑스럽게 생각하는 한 '인간'이 되는 기틀을 마련해 주신 분이시다.

심태식 선생님. 학장, 총장님까지 지내신 분을 선생님으로 표현한 것은 우리 법대 10회 동기들이 모두 그분을 그렇게 불러왔기 때문이다. 왜? 그분은 법학을 강의하셨지만 법률인이 되기 전에 먼저 '사람'이 되어야 한다는 의미에서 학교생활을 통하여 몸소 실천함으로 우리에게 '인간학'을 가르쳐 주셨기 때문이다.

끝으로 정태류 군, 학생 시절 기숙사에서 4년, 특히 3, 4학년 때는 둘이 한방에서 기거한 친구이고, 사회인이 된 후 그는 법조인, 나는 외교관으로 각자 다른 길을 걸었지만 우리 사이에는 긴 대화가 필요 없이 눈빛만 보아도 상대의 사정을 알아볼 수 있을 정도의 정감이 통하는 사이가 되었다.

학교를 같은 시기에 다니지도 않았고, 얼굴도 몰랐던 후배 김병묵이 어떻게 하여 나에게 가장 중요한 세 분과의 관계에서 결정적인 시기에 나타나서 나에게 이토록 감동을 주게 하는 것일까?

결국 나에게 그는 '신비스러운 분', 아니 '신비의 사나이'로 부각되게 된다. 그런데 그것으로 그친 게 아니다. 나만 '신비스러운 인물'로 여긴 줄 알았더니 그를 '대단한 사람', '능력 있는 학자'로 평가하고 있는 사람들이 굉장히 많다는 사실을 접하게 되어 더욱 놀라게 된다.

1998년 나는 외교관 생활을 접고 한국에 정주하게 된다. 1968년 처음 출국 후 30년간, 거의 22년이 외국(주로 일본) 생활이었기 때문에 경희

동창회 활동에 참여할 기회가 없었다. 귀국하자마자 정태류 군이 바로 경희 10회 동기회 모임에 데리고 갔다. 동기회 모임은 학과 중심으로 되는 것이 보통인데 특이하게 우리 입학 당시의 문리과 대학, 법과대학, 정경대학, 체육대학 4개 대학 출신의 10회가 약 30여 명의 회원으로 되어 있었다.

당시 김병묵은 대학기획조정실장, 부총장을 역임하고 있었는데 10회 모임에서 가끔 '김병묵'이 화제로 올랐다. '대단한 인물', '능력 있는 인물'이 중심이 된다. 내가 생각하기에 이 사람들이 법대 출신도 아니요(법대는 6-7명) 더군다나 6년 후배인 사람에 대해서 자기들이 뭘 안다고 저런 소리를 하는가 하고 의아하게 생각하기도 하고 또 한편으로 "나만 김병묵을 잘 안다고 생각했는데 모르는 사람이 없네?" 하는 생각들과 함께 김병묵의 '신비함'의 도가 더욱더 높아가고 있음을 느끼게 된다.

모든 사람들의 기대에 어긋나지 않게 김병묵은 그 후 경희대 총장직까지도 훌륭하게 수행하면서 경희대학을 세계 수준의 대학으로 업그레이드시키는 빛나는 공적을 이루게 된다.

'신비의 사나이', 김병묵의 '신비함', 애초에 내가 평가한 표현이었지만 이 글을 매듭지으면서 숙고해 보면 그것은 감상적인 표현에 지나지 않을 뿐 실은 김병묵의 능력과 자질 그리고 품격 그것 자체였다는 것을 깨닫게 된다.

마지막으로 김병묵을 떠올리면 꼭 생각나는 사람이 있다. 후배 우재풍 군이다. 김병묵의 동기로서 김병묵의 친구의 친구로서 가끔 심태식 선생님, 정태류 군 그리고 나까지 포함하여 수시로 회식 초대를 해주던 후배였다. 지금은 고인이 되었으나 참으로 아까운 인물이었으며, 정이 많았던 후배로 천국에서 김병묵의 퇴임을 아쉬워할 것만 같다.

꿀벌인간, 인격적 인간 & 신앙적 인간

서청석 前 경희대학교 대학원장

한 인생을 살며 50여 년을 같은 대학, 같은 직장에서 함께 지낸다는 인연은 하늘이 허락지 않고서는 불가능한 일일 것이다.

김병묵 총장과 나는 1964년 경희대 입학 동기로서 정년 퇴임 시까지 경희대 교수로 봉직했다. 여기에는 하나님의 섭리와 은혜가 컸고 조영식 학원장님의 사랑이 남달리 깊었다.

세계의 철학자들이 사람의 종류를 의미 있게 구분하고 있다. 예컨대 베이컨은 개미인간·거미인간·꿀벌인간으로, 칸트는 동물적 인간·인간적 인간·인격적 인간으로, 그리고 키에르케고르는 심미적 인간·윤리적 인간·신앙적 인간으로 분류했다. 먼저 김병묵 총장은 꿀벌인간과 같은 삶을 살고 있다. 남에게 해악을 끼치거나 나의 것을 나만을 위해 사용하는 졸부 같은 인생이 아니라 내 것은 내가 먼저 사용하되 남들과 더불어 사는 나눔의 인생을 살고 있다. 주위에 큰일이 있을 때마다 겉으로 드러내지 아니하고 숨어 선행을 실천하는 그의 모습은 매우 아름답다.

또한 그는 인격적 인간으로 섬김과 겸손이 몸에 배어있고 남의 고통을 위로하는 일에 항상 앞장서기를 좋아한다. 본인의 경우 약 40년 전에

병고로 인하여 심한 고통을 받은 적이 있다. 머릿속 뇌하수체 속의 혹을 제거하기 위해 일본의 나고야 국립대학 병원에서 수술을 받았을 때의 일이다. 그 당시 김 총장께서는 매우 분주한 사정이었는데도 만사를 제치고, 나의 치료를 도와주기 위해 일본까지 동행하며 수고하고 위로해준 노고를 나는 평생 잊을 수가 없다. 이 기회에 다시 한번 뜨거운 감사를 드리고 싶다.

그는 신앙적 인간이다. 모든 일을 진행할 때 먼저 하나님께 간구하며 수행한다. 특히 경희 기독인교수 활동을 함께 하며 학원 복음화에 진력한 노고를 우리는 기억하고 있다. 이 일은 영원한 미래 진행형의 책무가 되겠지만 어렵고 힘들 때 본의 아니게 오해를 함께 받았던 경험은 매우 안타깝다.

특히 그는 한 교육자로서 경희의 발전과 한국대학의 발전을 위해 훌륭한 업적을 남긴 분이다. 경희대학교 총장으로서 중앙일보, 조선일보 대학교육협의회 평가에서 발군의 실력을 돋보였고, 한국사립대학교총장협의회장으로서, 한국대학교육협의회장으로서 한국교육 발전에 기여한 공적은 지대하다.

무슨 일이든 그의 손에 쥐어지면 적극적이고 헌신적으로 처리한다. 그러기에 그의 빛깔은 빨간색에 가깝다. 쉬지 않고, 저돌적으로 정진하는 모습이 열정적이기 때문이다.

한 인간이 꿀벌인간으로, 인격적 인간으로, 신앙적 인간으로, 교육적 인간으로 살아간다는 일이 얼마나 힘든 일이든가? 그러나 그는 하나님께 기도하며 모든 일을 처리해 가는 모범적인 교육자로 우리 동료와 후학들에게 참된 인생의 사표가 될 것이다.

바다 같은 포용력과 바위 같은 강인함

손병두 前 서강대학교 총장

김병묵 총장과의 인연은 내가 전경련 부회장으로 일할 때였다. 조정원 전 경희대 총장과 가깝게 지내면서 그 당시 김 총장이 부총장을 맡아 일할 때여서 자연스럽게 친교를 맺게 되었다. 마침 ROTC 선후배 관계여서 더욱 친밀감을 느끼며 사귀게 되었다. 내가 처음 받은 인상은 책임감과 추진력이 강한 분이라고 느꼈다.

그 뒤 사귀어 오는 동안, 경희대 부총장과 총장의 직무를 맡아서 경희대를 한 단계 업그레이드했을 뿐만 아니라 설립자의 건학이념을 잘 지켜서 후임 총장에게 승계하는 일을 무난히 마무리하는 역량을 보여주었다.

김 총장이 한국사립대학교총장협의회장으로 있을 때 나를 부회장단의 일원으로 일할 수 있게 해 주었고, 그 뒤 김 총장이 나를 후임 한국사립대학교총장협의회장이 되도록 추천해 주었다.

그것이 결국 내가 대학교육협의회 회장이 되는 길을 마련해 준 셈이 되었다. 이렇게 보면 내가 비록 ROTC 선배이지만 교육계에서는 김 총장이 지나간 길을 김 총장이 이끄는 대로 따라간 후배에 불과하다.

김 총장이 한국사립대학교총장협의회장으로 있으면서 〈사학법〉 개정을 위해 혼신을 다하여 노력하는 모습을 곁에서 지켜보면서 많은 것을 배웠고, 그의 지칠 줄 모르는 추진력에 감탄한 바가 많았다.

김 총장은 맡은 일은 철두철미하게 추진하는 분이다. 김 총장이 대한민국ROTC중앙회장을 맡았을 때다. 전임 회장단이 여러 가지 어려움으로 고전을 면치 못하던 것을 김 총장이 회장이 되고 나서 난마같이 얽힌 모든 난제를 풀어내고 단단한 기초를 세운 다음 후임 회장에게 자리를 물려주는 것을 보고 역시 이런 일꾼이 국가를 위해서 좀 더 큰 봉사를 할 수 있다면 좋겠다는 생각을 여러 번 하였다. ROTC 초급장교 시절 간첩을 체포한 공로로 화랑무공훈장을 받은 것으로 알고 있다. 김 총장이 만약 군에 남아서 장기복무를 하였더라면 참모총장도 되고 국방장관도 했을 것이다.

초급장교 시절 이런 큰 무공을 세우고도 군에 남지 않고 학계에 투신하여 부총장, 총장을 역임하면서 경희대를 명문사학으로 키워낸 그의 탁월한 리더십은 이미 초급장교 시절부터 그 특출함을 발휘했다고 믿는다. 내가 알기로는 군에 남지 않고 학교로 돌아온 것은 경희대 설립자이신 조영식 박사와의 약속을 지키기 위한 것이라는 이야기를 들은 적이 있다. 김 총장은 약속한 것은 꼭 지키는 의리의 사람이기도 하다. 그래서 많은 선배, 동료, 후배들과 후학들로부터 존경과 사랑을 받는 것이 아닐까.

신앙심도 매우 깊은 분이라 말과 행동이 일치하는 삶을 사시는 것이 아닐까도 생각해 본다. 깊은 신앙심에서 우러나는 몸에 밴 봉사 정신은 굳은일, 힘든 일을 마다않고 도맡아 깨끗하게 정리하는 힘의 원천이 되고 있다고 믿는다. 지난번 총선 때 국가를 위해 일해 달라는 이명박 대통령의 간곡한 부탁을 받고 충남지역의 유일한 전략공천자로 고향에서 출마하였으나 그 꿈을 이루지 못하였다. 내가 위로의 전화를 했더니 오히려 "최선을 다했으니 아무런 후회가 없고 상대 후보에게 축하를 했다"는 이야기를 듣고 인간 김병묵의 바다 같은 포용력과 바위 같은 강인함을 느끼고 더욱더 김 총장의 인간적 매력에 존경심을 갖게 되었다. 아무쪼록 앞으로 김 총장에게 하느님께서 더 큰 소명을 주시리라 믿으며 그분의 앞날에 주님의 많은 축복이 있기를 빈다.

처신의 달인 김병묵 박사

염홍철 前 대전광역시장

김병묵 박사는 경희대학교 총장, 한국사립대학교총장협의회장, 한국대학교육협의회장, 대한민국ROTC중앙회장, 신성대학교 총장 등 그가 수행한 화려한 직책에서도 알 수 있듯이 능력 있는 사람이다. 그런데 단순한 능력만이 아니라 성실성, 집념, 열정, 겸손, 원만한 대인관계 등에서는 누구도 따라갈 수 없는 특징을 가지고 있다. 특히 어떤 일을 맡겨도 성공적으로 해낼 수 있다는 믿음이 있는 사람이다.

김 박사는 자기주장이 분명하면서도 누구에게나 호감을 산다. 그것은 대인관계에서 진정성과 신의가 있기 때문이다. 친구들의 일이라면 자기 일처럼 정성을 다하여 도와준다. 당연히 지인들의 애경사를 빼놓지 않고 찾아가서 성심을 다해 위로하고 축하하는 모습에서 그의 깊은 마음 씀씀이를 발견할 수 있다.

나와는 대학 입학동기로서 50여 년간 교우관계를 유지하는데 내가 아는 친구들을 김 박사께 소개하면 금방 나보다 더 친한 친구로 만들어 놓는다. 그만큼 누구와 만나면 상대방을 배려하고 즐겁게 해주는 남다른 장점을 가졌다.

그리고 김병묵 박사의 가장 두드러진 점은 무에서 유를 창조하는 집념과 의지를 꼽을 수 있다. 경희대학교에서 주선하여 4명이 함께 일본 유학을 떠났으나, 다른 사람들은 중도 포기하고 귀국했는데 김 박사는 혼자 남아 끈질긴 인내와 노력 끝에, 긴키(近畿)대학에서 법학박사 학위까지 취득하여 귀국한 것은 보통 사람들은 해내기 어려운 일이기도 하다.

더듬거리는 일본어로 시작하여 그 어려운 학위를 따냈고 일본의 정·관·학계의 유명 인사들과 돈독한 관계를 유지하는 것을 보면서 감탄한 적이 한두 번이 아니다.

집념과 의지가 강한 것은 그의 공사 생활에서도 발견할 수 있다. 장교로 최전방에 근무할 때는 맨손으로 무장간첩을 때려잡아 무공훈장을 받은 일, 술 담배를 즐겨 하던 그가 어느 날 금주, 금연을 선언하고 그 후에는 어떠한 유혹에도 그 결심을 지키고 있는 일, 40대가 돼서야 기독교 신앙을 가졌는데 지금은 독실한 크리스천으로서 하나님을 충실하게 섬기는 일, 위암 진단을 받았는데 아무리 초기라지만 수술도 하지 않고 의지로 완쾌하여 건강을 되찾은 일 등은 그의 면모를 말해주는 사례들이다.

이번에 총장퇴임을 하게 되지만 김병묵 박사는 경희대학교와 일생을 같이했다. 학생 때는 변론부장으로 각종 웅변대회에서 트로피를 싹쓸이해 왔고 박사학위를 받은 후 경희대학 교수가 되어 보직을 쉬어보지 않았다. 학과장, 학장, 부총장, 총장 등을 역임하면서 오늘의 경희대학교 발전에 큰 몫을 해냈다. 아마 경희동문 중에서 경희대학교를 가장 사랑하고 경희대학교를 위해 가장 일을 많이 한 사람을 꼽으라면 단연 김 박사가 으뜸일 것이다.

김병묵 박사는 충성심이 강한 사람이다. 나라를 사랑하고 모교를 사랑하며 평생 조영식 학원장님을 존경하고 성심으로 섬겼다. 단순한 사랑이 아니라 자기의 모든 것을 바치는 헌신과 희생을 아끼지 않는 충성심을 가진 것이다.

김병묵 박사는 매사에 열정을 가졌다. 그러면서도 겸손하다. 일반적으로 열정과 겸손은 상반된 특성이지만 김 박사는 이 두 특성을 결합하여 하나의 새로운 특성을 만들어 내는 데 성공한 사람이다. 영원한 청년 김병묵 박사는 할 일이 많이 남아 있다. 교육계를 비롯해서 그의 경륜을 기다리고 있는 곳이 많을 것이다. 몸과 마음이 모두 건강한 김 박사의 제2인생에 영광이 있기를 기원한다.

제3부

아름다운 리더

보석같이 귀한 친구

윤원중 前 국회의원

세상을 살면서 우리는 많은 사람을 만나고 또 그들과 이런저런 인연을 만들어 간다. 그런 만남과 인연이 하나둘씩 쌓여 우리의 인생살이가 제법 윤택해지기도 하고 또 즐거워질 수도 있다는 사실을 80의 나이가 되고서야 뒤늦게 절감하고 있다.

나는 인생의 전반전이 끝나는 40이 막 될 즈음, 한창 사회생활을 열심히 하고 있을 때 김 교수를 친구의 소개로 처음 만났다. 그와 나는 각기 분야는 다르지만, 소속한 영역에서 제법 전도가 유망하다(?)는 평판을 듣고 있을 즈음이었다. 세상살이가 그렇듯이, 나는 그를 만난 후 내 저울대 위에 '김병묵'이라는 물건(?)을 올려놓고 얼마나 무게가 나가는지, 또 깊은 사귐을 해도 좋은 사람인지를 이모저모 재기 시작했다. 내가 자기를 살펴보는 것을 전혀 알아차리지 못한 그는, 나를 두 번째 만나자마자 "알고 보니 너와 나는 친구인데 이제부터 말을 트고 지내자"는 놀라운 제안을 덜컥 해왔다. 할 수 없이(?) 말을 열고 지내는 사이에 나는 김 교수가 어린애 같은 맑은 심성을 가진 친구라는 사실과, 우리 사이에는 등급은 다르지만 서로 많은 공통점이 있다는 사실도 차츰 알게 되었다.

그중 한 가지가 대학은 다르지만 같은 학년이고, 또 어설픈 군대 동기라는 사실이다. 당연히 그와 나는 미숙한 초급장교였는데, 나는 거의 100% 중위로 진급하는 ROTC의 관례를 깨고 육군 소위로 제대하는 불명예(?)를 안았고, 그는 간첩을 얼떨결에 잡는 바람에 화랑무공훈장을 수여받고 그 대가로 軍 골프장 회원으로 자동으로 가입되는 자격을 얻어 대한민국에서 골프장 회원권을 제일 많이 소유하는 기막힌(?) 사연의 소유자인 것도 알게 되었다.

두 번째는 출신 지역에 관한 인연이다. 같은 백제권 출신이라고 情을 조금씩 주기 시작할 무렵, 그의 부인이 나와 동향이라는 사실을 알고 역사책에나 기술되어 있는 황당한 삼국시대 이야기는 접게 되었다. 그는 부인의 음식 솜씨 덕에 오늘과 같은 비만 체중의 소유자가 되었다고 너스레를 떨고, 언젠가 무서운 개가 달려들 때 옆에 있던 마누라를 재빨리 개 앞으로 밀어 넣어 위기를 모면했다고 천연덕스럽게 자랑한다.

셋째는 골프 실력에 관한 일이다. 천하가 알아주는(?) 나의 내기 실력에 도전하는 그의 골프 핸디는 리드 배터가 봐도 이해할 수 없는 경지인 것이 틀림없다. 그의 스윙 폼을 보면 어떻게 그의 스코어가 나오는지 도저히 이해를 할 수 없다. 서로 '영원한 스크랏치'라는 다짐을 하고 '다투면서 내기하는 라운딩'을 수도 없이 하면서 우리 둘의 실력이 동시에 늘어난 것은 아닐까 하고 생각해 본다.

네 번째는 그의 소박한 성품 문제이다. 40여 년 이상을 친구로 만나면서 그와 나는 사나이로서의 우정을 발하기도 하고 어떤 때는 작은 일로 얼굴을 붉히면서 다투기도 했다. 그런데 그는 내게 한 번도 이른바 '선생님 냄새를 풍겨 본 적이 없다.' 그는 나에게, 또 주변의 많은 친구에게 절대로 박사, 교수, 총장이 아니었다. 그저 다정한 중고교 동창 같은 솔직한 인간미를 풀풀 풍기는 순수 촌놈이었다. 말투는 물론이고 표정과 행동도 딱 어릴 적 친구의 그것이다. 그래서 우리들 아들, 딸이 들으면 혼비백산할 '이놈 저놈'이라는 용어를 서로 사용해도 전혀 스스럼이 없다. 그러고 보니 김 교수를 제외하고 내 친구 중에 말을 함부로 터놓고 지내면서 서로 깔깔댈 수 있는 사람이 거의 없다는 사실을 새삼 깨닫게 된다. 마지막으로 김 교수의 신앙 문제이다. 모태신앙을 자랑하며 별로 표가 나지 않을 정도의 어설픈 신앙을 갖고 있는 나와 달리 그는 전심전력으로 교회 생활을 하고 있다. 몹쓸 병이 찾아와도 이를 신앙으로 거뜬하게 물리쳐 버리는 그의 놀라운 믿음은 나에게 제대로 된 신앙생활을 하라는 무언의 가르침을 주고 있다. 다른 것은 몰라도 그의 '믿음'만은 나에게 확실한 스승이자 교과서가 틀림없다.

이런 친구가 이른바 총장퇴임을 맞는다고 하니 참 묘한 생각이 든다. 나는 퇴임이 없는 정치 분야에 있어서인지 모르지만, 김 총장처럼 아직 불타는 정열을 가진 분을 학교에서 쉬게 하는 제도는 잘못되어도 정말 잘못된 관습임이 분명하다. 물론 그는 이 제도와 상관없이 여러 분야에서 왕성한 활동을 계속하겠지만 말이다.

야, 병묵아!

이제 조금이라도 남는 시간이 있다면 유명한 배우의 이름을 가진 어부인을 좀 더 따뜻하게 안아주고, 막말하는 친구들과 천하를 주유하는 시간을 가져보면 어떨까! 자네가 전공한 헌법에도 아마 '마누라와 친구를 반드시 사랑하라'고 전문에 확실히 규정되어 있지? 만약 그렇게 쓰여 있지 않다면 우리 함께 여생의 숙원사업으로 헌법 개정 운동을 본격적으로 벌여보면 어떨까? 무슨 일이든 최선을 다하고 끝장을 보고 마는 병묵이의 집념이, 아름다운 신앙생활에도 당연히 이어지기를 바라면서 보석같이 귀한 친구를 나의 후반전 인생의 동반자로 보내주신 우리의 하나님께 감사의 기도를 드리며 글을 맺는다.

더욱 멋진 인생 이모작을 기대합니다

이경자 前 경희대 부총장 / 前 방송통신위원회 상임위원

늘 열정적이고 활력이 넘치는 모습을 보여 오셨기에 김병묵 전 총장님 곁에서는 시간도 비켜 가는 줄 알았는데, 총장 퇴임을 맞으신다니 역시 세월을 이기는 장사가 없는 듯합니다.

내가 1977년 3월 경희대학에 부임한 이래 오늘 이 순간까지 다양한 모습의 김병묵 총장님을 뵈어 왔습니다.

법대 교수로, 학생처장으로, 기획조정실장으로, 부총장으로, 그리고 총장으로. 교수란 직업의 가장 큰 매력을 꼽으라면 아마도 자유인으로 살아갈 수 있다는 것이 아닐까 합니다.

물론 그것이 매우 무겁고 엄중한 것이긴 하지만 학생들과의 약속을 제외하고는 비교적 자유로운 생활을 할 수가 있으니까요.

대학에서 보직을 맡는다는 것은 바로 자유인으로 살아갈 수 있는 교수란 직업의 특권(?)을 포기하는 것이기도 합니다.

모든 책임이 그러하듯 대학의 보직 역시 겉보기와는 달리 영광의 빛보다는 의무의 무게와 책임의 중압감이란 그림자가 훨씬 짙은, 그런 것이 아닌가 합니다.

그런데 그런 대학의 보직을 한 해 두 해도 아니고 여러 해 동안 거의 연속적으로 수행하셨으니 그 어려움이 적지 않았으리라 짐작합니다.

언제인가 회의석상에서 바퀴벌레 열 마리를 줄 세우는 것보다 대학 구성원 열 명을 한 줄로 서게 하는 것이 훨씬 어렵다고들 하더라는 특유의 농담으로 좌중을 웃게 하셨지만 보직자로서의 어려움을 우회적으로 실토한 것이었겠지요.

그럼에도 불구하고 열정적이고 낙천적인 모습은 김 총장님의 트레이드마크이기도 합니다. 그것은 공적인 업무를 처리함에 있어서나, 개인사에 있어서나 차이가 없어 보입니다.

어린 시절 몇 번의 죽을 고비를 이미 넘겼고, 군대시절 본인의 수명이 구십 세가 넘을 것이라고 말해 준 영험한(?) 사람이 있었다며 얼마 전 건강이 좋지 않을 때에도 긍정적인 생각을 놓지 않고 어려운 시간을 견뎌 낸 것에서도 낙천적인 성품의 단면을 엿볼 수 있습니다.

제한된 짧은 시간만이 허락된 녹록지 않은 상황에서 격전의 전쟁터라고 일컬어지는 국회의원 선거를 치르고서도 여전히 낙천적이고 열정적인 모습을 잃지 않는 모습에서 퇴색되지 않은 그 특유의 트레이드마크를 확인합니다.

영어의 졸업을 뜻하는 Commencement는 '끝'을 의미하는 것이 아니라 '시작'을 의미한다고 합니다. 총장직 퇴임 역시 끝을 의미하는 것이 아니라 새로운 시작을 의미한다고 생각합니다. 교육자로서 살아온 삶에 더하여, 인생 이모작의 새로운 시작 시점이 퇴임이 아닐는지요.

김병묵 총장님!

어떤 모습의 이모작 인생을 설계하실지 기대됩니다.

그것이 어떤 것이든 변함없이 열정적이고 낙천적인 모습이 담겨 있겠지요.

건강하게 퇴임을 맞으신 것 축하드립니다. 또한 더욱 힘찬 새 출발 기원합니다.

김병묵 송가(頌歌)

이기우 前 교육인적자원부 차관

김병묵 총장님은 만나면 항상 품에 안기고 싶은 우리시대의 큰 어른이십니다. 만나면 그냥 편안해지고 무엇보다 기분이 좋아집니다. 사랑이 참으로 크셔서 항상 껴안아 주시며 속 깊은 배려에 감동하게 하십니다. 호방하고 소탈한 풍모에서는 존경심이 절로 솟고, 그래서 늘 만나 뵙고 싶습니다. 오랫동안 뵙지 못하면 천리라도 달려가서 인사드리고 싶은 그런 분이십니다.

김병묵 총장님을 처음 만난 것은 당신께서 경희대 기획조정실장으로 재직하셨던 때입니다. 조선제 차관을 비롯한 교육부 실국장들과 조정원 당시 총장님 등 경희대 임원 몇 분들과의 저녁 식사 자리에서였습니다. 마음이 훈훈했던 그 자리에서 조정원 총장님과 김병묵 총장님의 술 실력에 나는 놀라지 않을 수 없었습니다. 지금은 술을 안 하시지만 두주불사형의 선비가 호탕하게 주석을 이끌어 가시는 모습은 술을 거의 하지 못하는 나 같은 사람에게는 정말 부러움의 대상 그 자체였습니다. 어찌 술 실력뿐이겠습니까? 교육현안을 꿰뚫어보는 예리하고도 날카로운 혜안과 그 문제에 대한 해법 등에서 저희들은 이미 감탄사를 연발하고 있던 터였습니다. 그 첫 만남은 사람과 인연을 맺는다는 것이 얼마나 소중하고 귀한 것인가를 새삼 느끼게 해준 계기였습니다.

그 후 김 총장님과의 인연은 교육인적자원부 기획관리실장 자리를 떠나 제15대 한국교직원공제회 이사장으로 취임하면서 본격적으로 이어졌습니다. 김 총장님께서는 당시 한국교직원공제회의 운영위원으로 계셨는데, 이사장을 포함한 7명의 운영위원 중 대학을 대표하는 분이셨습니다. 한국교직원공제회는 당시 자산 10조 67만의 회원을 보유한 거대한 조직이었지만, 이사장에 취임하여 그 조직을 진단해보니 여러 가지로 문제가 많아 어려움이 적지 않았습니다. 당시 산적된 난제들을 해결하는 데에 김병묵 총장님의 적극적인 지원과 샘솟는 아이디어에 힘입은 바 컸음은 물론입니다. 지금 생각해도 그토록 많은 일을 해낼 수 있었던 것은 제게는 정말 행운이었고, 그 행운의 대부분은 김병묵 총장님께서 만들어주신 것이기에 평생의 은혜로 잊지 않고 있습니다.

우선 구조조정을 통해서 8명의 간부를 용퇴시킴으로써 조직을 일하는 분위기로 만들었고, 제주도의 "라마다프라자호텔", 전남구례의 "지리산가족호텔"의 개관으로 서울·경주·설악 교육문화회관과 연계한 전국적인 호텔 네트워크를 구축했습니다. 그리고 당시로서는 어렵다고 아무도 나서지 못했던 한국교직원공제회법을 개정하고, 신공항하이웨이주식회사를 인수(6,666억 원 투자)하여 2030년까지 13.38%의 높은 수익률로 매년 1천억 원이 넘게, 그것도 30년 가까이 안정된 수익을 올릴 수 있는 계기를 마련하게 되었습니다. 또한 공제회가 각종 SOC사업에도 뛰어

들어 자산운영 안정화의 지평을 넓혀가는 데도 김 총장님께서 일조하신 바 크십니다. 인천 천마개발, 부산 동부하수처리, 서울 우면산 개발, 광주 순환도로, 서울 신교통카드 및 부산 정관지구 집단에너지사업 등 공익성과 수익성을 고려한 투자로 공제회의 기반을 다질 수 있었던 것도 김병묵 총장님의 조언과 지원이 있었기에 가능했습니다.

특히 교직원들의 경우, 자동차를 출·퇴근 시에만 이용하였기 때문에 교통사고 발생률은 가장 낮지만 보험료는 상대적으로 많이 내는 데 대한 불평이 컸던 점에 착안하여 2003년 12월 1일 "교원나라 자동차 보험"을 출범시켰던 것은 상당한 쾌거로 기억합니다. 더불어 퇴직교원들의 오랜 바람이었던 복지사업의 일환으로 실버타운 조성계획을 수립할 수 있도록 지원해 주신 결과, 지금은 국내 최고의 시설인 "창녕서드에이지"를 만들 수 있었던 데에 대해서도 깊은 감사의 마음을 가지고 있습니다.

김병묵 총장님은 올바른 판단력과 뛰어난 결단력을 겸비한 분으로 뜨거운 감성과 냉철한 이성의 조화가 자연스럽게 체화하신 분이십니다. 이는 교내 주요 활동에서도 여실하게 드러납니다. 1980년 경희대학교 법과대학 교수로 부임하신 이후, 학생처장, 법과대학장, 행정대학원장, 기획조정실장, 부총장 등 주요 보직을 연이어 역임하셨습니다. 1998년 12월부터 총장이 되실 때까지 만 5년 동안이나 부총장직을 훌륭하게 수행할 수 있었던 것도 이 같은 능력의 소유자였기에 가능했던 것이라 봅니다. 대한민국에서 부총장을 5년이나 하신 분은 아마 김병묵 총장님 한 분밖에 없다고 할 정도로 대학사회에서는 거의 유래를 찾아볼 수 없는 일입니다. 얼마나 책임감 있게 대학발전의 틀을 잘 견지하여 앞으로 나가셨으면 다음과 같은 일화가 전해지겠습니까.

"일반적으로 학내에서 총학생회가 대자보를 붙일 경우, '000 총장 물러나라! 000 총장은 당장 ~을 밝히고 사과하라! 면담에 응하라!' 등인데, 경희대는 그 대상이 '000 총장'이 아니라 '김병묵 부총장'을 대상으로 한 위와 같은 내용의 대자보와 현수막이 걸렸고, 학생들은 총장실이 아닌 부총장실을 점거하려고 한다."

이 이야기는 경희대에 출강하였던 우리 아이가 나에게 들려준 내용인데, 뒤집어 해석해보면 대학 경영자로서 이분의 역할이 얼마나 대단하고 대학발전의 비전이 얼마나 확고했는지를 엿볼 수 있는 실감나는 일화라고 생각합니다.

2003년 12월 2일 총장 취임식 장면도 눈에 선합니다. 평화의 전당을 가득 메운 축하객들, 교정이 축하화환과 화분들로 넘쳐나던 광경은 물론, JP를 비롯한 우리나라 정·관계, 언론계, 법조계 등 모든 분야에서 내로라하고 활약하시는 분들이 다 모인 것 같았습니다. 인생의 여러 행로에서 주변인들에게 얼마나 많이 베풀고 그들의 마음을 사랑으로 가득 채워주셨을지 미루어 알 수 있는 장면입니다. 나로서는 무엇보다 그런 역사적인 취임식에 축하객의 한사람으로 참석할 수 있었다는 것이 얼마나 가슴 벅찼는지 모릅니다.

2003년부터 2006년까지 경희대학교 제12대 총장으로 재직하시는 동안 경희대를 명실상부한 명문사학으로 더욱 굳건하게 키우신 공적은 주지하고 있는 바와 같습니다. 교수와 학생들의 전폭적인 동의와 지지 속에 '대학 발전 및 쇄신방안'을 마련하여 과거 16위였던 전국대학평가 순위를 9위까지 끌어올리는 등 대학 CEO로서의 역량을 충분히 발휘하여 30만 경희인들에게는 강한 지도자상을 심어주었습니다. 또한 2005년과 2006년에는 한국사립대학교총장협의회장과 한국대학교육협의회장이라는 중책까지 맡아 우리나라 교육발전을 위해 적극 노력하셨습니다. 특히 잘못 개정된 사립학교법의 재개정을 위해 몸을 던져 헌신함으로써 한나라당과 시민단체의 도움으로 결국 개정하게 되어 사립학교법의 위헌요소를 제거할 수 있었던 일도 생각납니다.

　김병묵 총장님께서 경희대 총장직을 마치신 후 얼마 되지 않아서의 일입니다. 서울의 모 사립대학교에서 좋은 총장님을 모시고 싶다고 나에게 추천해 달라는 요청이 있었습니다. 이때 나는 조금의 주저함도 없이 김병묵 총장님을 추천하는 것이 좋겠다는 생각에서 전화를 드려 의향을 여쭈었더니 "이 차관님! 저는 경희대학교를 떠나 다른 대학으로 간다는 것은 생각조차 할 수 없는 사람입니다."라며 단호히 거절하시는 군자도의 실천에 당신을 큰 산처럼 우러러보게 되었다는 것도 고백해야겠습니다. 또한 2007년 가을 제주도에서 있었던 행사 참석 후 몇 분이 모여 식사를 하면서 환담을 나누는 중 ROTC중앙회 부회장이라고 하는 분이 "김병묵 총장님이 대한민국ROTC중앙회장으로 유력회원들로부터 70여억 원의 협찬금을 기부 받아 대한민국ROTC중앙회관 건립기반을 조성하고, 15만 회원들의 결속을 위해서 애쓰고 계신다."라는 이야기를 듣고는 그 자리에서 "김병묵 총장님을 존경하면서 제가 잘 아는 사이입니다."라고 하였더니 "정말 잘 아느냐?"고 물어서 "그렇다"라고 대답하여 융숭한 대접을 받았던 기억이 새롭습니다. 그 큰 그늘이 늘 그립고 고맙습니다.

2006년 3월에 교육인적자원부 차관직을 떠난 후 제가 실의의 나날을 보내고 있던 때 김 총장님께서는 종종 불러서 위로와 격려를 아끼지 않으시던, 그 따뜻한 정을 아직 잊지 못합니다. 특히 2006년 8월 31일에 열렸던 본인의 재능대학장 취임식에는 중요한 행사까지 일정을 조정하면서 기꺼이 시간을 내어 먼 곳 인천에 오셔서 축하의 말씀까지 해주셨던 감사함은 마음 속 깊이 켜켜이 쌓아놓고 있습니다. 저는 항상 "원망의 마음은 흐르는 물에 새기고 감사의 마음은 바위에 새기라"는 말을 생각하면서 총장님께서 베풀어주신 은혜에 조금이나마 보답하려고 노력하고 있습니다.

총장님께서 허락해 주신다면 가끔 모시고 싶습니다. 불민하지만 총장님을 삶의 지표로 삼아 배우고 정진하고자 합니다. 남은 인생의 여정에서도 높은 경륜과 뜨거운 열정으로 우리사회의 많은 현안들을 해결해 나가는 데 큰 어른으로서의 역할을 기대하면서 김병묵 총장님의 앞날에 환한 햇살만 가득하기를 기원합니다.

김병묵 총장님의 정년을 맞이하여

이동형 前 대한민국ROTC중앙회 회장 / 스타코그룹 회장

뜨거운 태양의 몸짓은 우리들의 삶에 생기를 불어 넣어주고 알찬 결실을 약속하기에, 우리는 의심 없이 그 위대함을 우러르고 따르게 됩니다. 그와 마찬가지로 그 기백과 훌륭한 역량을 보면 스스럼없이 따르게 되는 춘강 김병묵 총장님은 진정으로 이 시대의 위대한 지도자입니다.

꿈과 뜨거운 열정은 물론 투철한 사명감으로 우리나라의 법학과 교육계 발전을 위하여 큰 역할을 담당하셨고 총장님으로 재직 시 한국사립대학교총장협의회장과 한국대학교육협의회장을 역임하셨으며 국가와 사회 발전에 헌신하고 계시는 김병묵 총장님이야말로 끊임없이 거듭나시는 분이 아니신가 생각해 봅니다.

또한 강력한 지도력을 발휘하는 카리스마가 넘치시는 분으로 제12대 대한민국ROTC중앙회장으로 역임하셨을 당시 기존의 사고와 틀을 과감하게 벗어 던지고 변혁을 추구하며 그간 중앙회의 풀지 못한 해묵은 갈등을 해소하여 차기 회장이 새로운 출발을 할 수 있도록 하였습니다. ROTC를 지도자그룹으로 발전시키기 위해 총력을 다 하셨던 춘강 김병묵 총장님은 25만 ROTC동문들의 큰 자랑입니다.

상록수와 같은 싱그러움으로 강직하고 겸손하신 춘강 김병묵 박사님을 처음 뵈었을 때부터 저는 그 고매한 풍모를 흠모하고 찬탄하였습니다. 너그러운 마음으로 소소한 것은 감싸 안으며 호방한 기개로 대사를 이끌어 가시니 이 시대의 진정한 리더입니다.

교육에 대한 열의로 인재양성의 한 길을 걸으신 춘강 김병묵 총장님께서는 퇴임 후에도 새롭게 국가발전을 위한 큰 꿈과 희망을 이루실 것을 기대합니다. 이번에 영예롭게 퇴임하시는 춘강 김병묵 총장님의 앞길에 건강과 행운이 깃들기를 충심으로 거듭 빌어마지 않는 바입니다.

다시 새롭게 시작될 총장님의 앞날을 축복하며

이봉관 (주)서희건설 회장

밀짚 방석을 깔고 평상에 앉아 옥수수를 쪄먹던 어린 시절 초저녁의 그 향기가 그리워지는 계절이 왔습니다. 이 푸른 계절에 김병묵 총장님의 퇴임에 관한 에세이 글을 요청받고 만감이 교차했습니다. 아직도 왕성하게 더 일하실 분인데 퇴임을 하면 어떻게 지내실까 생각하다 문득 김 총장님은 퇴임 후에도 여전히 바쁘고 열정적으로 사실 분이라는 걸 깨닫고 위로를 받았습니다.

사람은 눈으로 두 개의 세계를 본다고 합니다. 꿈, 희망, 미래, 비전의 긍정적인 세계를 보는 사람과 그 반대인 부정적인 세계를 보며 사는 사람이 있을 수 있습니다. 긍정적인 면을 보며 내일을 향해 앞으로 한발 내딛어야 과거보다 발전된 내일이 있다고들 하는데 김 총장님은 긍정적인 마음으로 변화를 두려워하지 않는 바로 그런 분입니다.

이렇게 숨 가쁘게 돌아가는 현시대 속에서 총장님께서는 만날 때마다 늘 사람의 마음을 편안하게 해주는 진실 된 웃음과 함께 우리나라 교육계 및 사회의 발전을 위하여 지치지 않는 열정을 보여주셨습니다. 반복된 일상에 지칠 때면 나는 김 총장님의 모습을 떠올리며 새로운 변화를 위해 또 다시 도전할 것입니다.

이제 총장직 퇴임을 맞이하시는 김병묵 총장님의 수많은 업적을 치하하자면 너무나 많은 지면을 할애해야 할 것입니다. 하지만 그보다도 김 총장님의 업적은 아직 끝난 것이 아니기에 나는 그것을 생략하고자 합니다. 헤어짐의 인사말 대신 또 다시 새롭게 시작될 총장님의 앞날에 대한 축복으로 인사를 대신하고 싶습니다.

후학들을 위한 지도로, 하나님과 교회에 대한 봉사로, 동문으로서 학교 발전을 위한 활동으로, 또 이웃에 대한 사랑의 섬김으로 지금까지 해오신 것보다 더 열심히 일할 분임을 확신하고 또 그렇게 해주시기를 당부 드립니다. 하나님께서 김 총장님을 통해 이루시고자 하시는 그 귀한 많은 일들 마다마다 물 댄 동산과 같고 마르지 않는 샘물과 같은 하나님의 축복이 늘 함께 하시기를 마음을 담아 기원합니다.

뒷모습이 아름다운 퇴장

이충구 유닉스전자 회장 / 前 대한민국ROTC중앙회 회장

언제부터인지 우리는 국내외의 급변하는 소용돌이 속에 예측 불가능한 파고를 바라보며 마음 졸이는 일상을 시작하고 있습니다. 자연재해에 대한 두려움, 지구촌의 천지개벽, 끝이 보이지 않는 고유가 행진, 금융시장의 불안, 세계 여기저기에 도사리고 있는 전쟁 화약고, 국제사회의 변화무상한 위기의 시대를 맞고 있는 현실입니다. 특히 최근 국내의 무분별한 사회 혼란은 끝없는 추락을 예고하는 것 같아 두려움마저 갖게 합니다. 나라가 어려울 때마다 초심으로 돌아가 지혜를 모으고 국론을 결집하던 옛 선조들의 나라 사랑하는 마음이 그립고 절실해집니다.

춘강 김병묵 총장의 퇴임소식을 접하며 국내외적으로 어려울 때 꼭 자리에 있어야 할 나라의 지도자들이 정년퇴임이라는 사슬에 묶여 현장을 떠나는 현실이 안타깝고 가슴 아픕니다.

김병묵 총장은 평소 과묵한 성품으로 화합과 정도를 지향하며 매사를 매끄럽고 확실하게 처리하여 진가와 역량을 발휘한 최고의 지성인입니다. 평생을 몸담아 봉사한 경희대학교에서도 개혁과 변화를 통한 약진을 거듭하여 모교의 위상을 몇 단계 업그레이드하는 업적을 남겼습니다.

그리고 신성대학교에서도 3선 연임의 총장직을 수행하면서 눈부신 발전을 이루어 냈습니다.

대한민국ROTC중앙회장 재임 시 실타래처럼 얽혀있는 난제를 화합과 덕목으로 풀어 제자리에 있게 하므로 ROTC가 굳건한 반석 위에서 새 출발하는 데 크게 기여하였습니다.

뿐만 아니라 학자로서 또는 사회, 교육 분야 등 성공한 국가의 지도자로서 존경받아 왔음은 물론, 확실한 국가관과 강력한 리더십으로 국가의 정체성을 확립한 투철한 반공주의자입니다. 한 시대에 태어나 당신에게 주어진 사명을 실천함으로써 〈빛과 소금〉의 역할을 다한 진정한 애국자요, 승부사이기도 합니다.

이제 현장을 떠나지만 제2의 인생을 설계하며 못 다한 일 마음껏 즐기시기 바랍니다. 총장직 퇴임으로 꿈을 접을 때가 아닙니다. 이제 시작입니다. 특유의 높은 이상과 포부로 제 2의 황금기를 맞이할 것을 굳게 믿습니다. 이제 자주 만나 水魚之交의 정 나누고 남은 인생도정에서 길동무하며 함께 살아갑시다.

김병묵 총장의 떠남을 아쉬워하며 배웅하는 많은 후학들, 제자들의 모습이 보이는 듯합니다. 많은 업적을 남기고 떠나시는 아름다운 뒷모습을 보며 우리 함께 뜨거운 갈채를 보냅니다.

80세까지 성공적으로 총장직을 마치고 새 출발하시는 김총장의 가정에 행복이 충만하시고 하시는 일마다 萬事亨通하시길 기원 드립니다.

엄하고도 자애로운 교육자, 굵고도 섬세한 지도자

정복철 경희대학교 후마니타스칼리지 학장

'嚴父慈母'라는 말이 있다. 애지중지 아끼는 아이를 가르칠 때 엄하기만 해서도 안 되고 자애롭기만 해서도 안 된다는 말로서, 누군가 엄하면 또 다른 누군가는 자애로움으로 상처를 감싸주어야 한다는 뜻일 것이다. 가정에서야 부모 각각의 자연스러운 역할을 통해 이루어질 수 있겠지만 다 큰 학생을 가르치는 대학에서 그 역할을 분담해서 가르칠 수는 없는 일이다.

더욱이 가르치는 사람이 안고 있는 역량의 한계 때문에 하나의 역할도 제대로 하지 못하거나 대개의 경우 엄부와 자모 가운데 한 역할밖에는 해내지 못한다. 문제는 배우는 자의 여건과 상황이 어떻게 변할지 알 수 없는 상태에 처해 있다면 가르치는 교육자의 헌신적인 엄부자모의 적절한 역할과 배려의 유무에 따라 배우는 자들의 입지와 운명에 결정적인 영향을 미칠 수밖에 없다는 점이다.

나는 아직 일천한 삶의 도정에 놓여있지만, 나름대로 고투하면서 일구어온 학창시절 삶의 궤적에 곡절이 배어있었기에 당시의 체험들 속에서 교육자란 참으로 어렵고 고단한 천직이라는 사실을 익히 짐작한 바 있었다. 더군다나 이제 학생들을 가르치며 지도하는 입장에 서다보니 참된 교육을 위한 교육자의 고충을 나날이 절감하지 않을 수 없다.

회고해 보면, 대학시절 법과대학의 거의 모든 교수님들께서는 특히 운동권 학생들에 대해서 엄격하게 관리(?)하시는 분들이 대부분이었고 그렇지 않으면 그들만의 문제로서 방치한 채 무관심으로 일관했던 풍토였다. 그러한 첨예한 분위기 속에서도 엄격할 때는 엄격하게 자상할 때는 자상하게 제자의 입장을 헤아리며 적절히 돌보면서 지도해주신 유일무이한 분이 바로 김병묵 교수님이었다. 그야말로 한 몸으로 '嚴師慈師'의 역할을 다 해내주신 것이다.

지인들은 모두 익히 아는 바이지만 김 총장님께서는 평소 공과 사를 엄정히 구별하는 분이었고 생각과 행동의 선이 굵고 선명한 분이셨다. 그런데 제자들에게만큼은 엄격하고 매서우면서도 또 한편으로는 한없이 자애롭고 다정다감한 분이셨다. 법과대학 평교수 및 학장 시절에 수배학생 체포를 위해 공권력이 동원될 때 학생들을 적극 보호해 주셨을 뿐만 아니라, 혹여나 제자들이 경찰서에 연행되면 새벽에 주무시다가도 직접 유치장에까지 찾아가 제자의 안위를 살펴주심은 물론 석방을 위해 온갖 노력과 지혜를 아끼지 않으셨던 참으로 부드럽고도 자상한 분이셨다.

혹여나 학생운동을 명분으로 자신의 학업에 등한시하거나 투쟁의 이름으로 다른 학생들에 대한 면학 풍토를 교란(?)할 때는 매우 엄중한 질책을 보냈지만, 막상 수배를 당하거나 구속될 때는 누구보다 앞장서서 제자를 보호하고 구명해주셨다. 그런 김 교수님 때문에 수많은 운동권 제자들이 나름대로의 균형적인 감각과 조화로운 태도를 견지하고 배우면서 진지하고 의미 있는 삶의 자세를 정립하였으리라 생각한다. 지금도 당시 문제의 '뀐' 제자들은 김 교수님을 은사 가운데 은사님으로서 가슴 속 깊이 새기고 존경과 사랑의 마음을 기리고 있으며, 여전히 김 총장님은 한 그루의 큰 아름드리 거목이자 우뚝 서있는 바위와 같은 존재이시다.

누구에게나 현재의 자신을 있게 한 사람들이 있게 마련이지만, 특히 나의 경우 학창시절에는 참된 삶의 자세를 가르쳐주신 스승으로서, 직장생활에서는 내가 소속된 대학을 탁월하게 이끌어주신 리더로서, 사회생활에서는 굵고도 섬세한 감각으로 인간관계를 소중하게 가꾸어가는 모습을 일상 속에서 몸소 보여주신 분이 바로 김 총장님이시다. 결국 김 총장님과 같은 선생님을 만나 스승과 제자로서 사제지간의 관계를 맺을 수 있었던 것은 내 인생 일대에 운명적인 큰 사건이었던 것이다.

이렇듯 내 삶에 있어서 김 총장님은 혼탁한 정신과 영혼을 흔들어 깨어주시는 정신적 스승(교육자)으로서, 사회생활의 안내자(지도자)로서 일체화되어 내 일생 전반에 투영되어 있다. '嚴師慈師'의 교육자적 역할과 관심은 물론 일상적인 삶의 풍모로서, 더욱이 각고의 노력과 성취들을 통한 스스로의 변화 가능성들을 몸소 보여주신 모범들은 진정 내 가슴 속에 커다란 감동과 전율을 새겨 놓으셨다.

따라서 나에게 있어 김 총장님에 대한 이해는 인간의 본성과 가능성의 이해를, 그리고 사회 안에서의 인간의 조건과 변화들에 대한 이해, 즉 인간과 사회 자체에 대한 이해였던 것이다. 김 총장님의 집념, 기백, 정서

적 과단성과 강인성은 그분으로 하여금 환경을 그대로 받아들이지 않고 그것을 변화시킬 수 있게 하는 힘이었음을 곁에서 모시면서 눈으로 보고 가슴으로 느끼며 늘 확인한 바였다.

결국 김 총장님께서 스스로의 삶을 통해서 나에게 보여주신 메시지는 인간은 변화할 수 있다는 것과 변화하는 자들만이 리더가 될 수 있다는 것이다. 단순히 좋지 않은 사람에서 좋은 사람, 좁은 사람에서 넓은 사람, 무능한 사람에서 유능한 사람으로만 그치는 것이 아니라, 좋은 사람에서 더 좋은 사람으로, 넓은 사람에서 더 넓은 사람으로, 유능한 사람에서 탁월한 사람으로 바뀔 수 있다는 존재의 가능성을 김 총장님의 삶 속에서 몸소 보여주신 것이다.

특히, 세상을 이끌어가는 탁월한 리더십은 일차적으로 리더의 타고난 개인적 품성에서 비롯되기도 한다지만, 김 총장님의 경우 자신의 자각과 노력, 게다가 다른 사람들과의 상호관계 속에서 더욱 강화하신 것들이다. 그것은 무엇보다도 김 총장님 가슴 속에 확고한 목표의식과 흔들리지 않은 영혼을 간직하고 계시기 때문에 어떠한 고난과 역경이 다가와도 그 처한 환경에 좌우되거나 좌초되지 않고 굵고도 섬세한 감각으로 기어코 이루어내시는 모습을 곁에서 모시면서 지켜보아 왔다.

김 총장님은 어떨 땐 가까이 하기에 너무 엄격한 분이지만 어찌보면 멀리 있어도 늘 가깝게 느낄 수 있는 따스한 품성과 깊은 정감을 지닌 분이다. 또한 일을 처리할 때는 준엄하고 치밀하지만 평소에는 소탈하고 붙임성 있으며, 원칙 앞에서는 양보가 없지만 상대방의 실수를 대범하게 묵과하기도 하는 도량이 큰 어른이시다. 그렇기에 지도자로서 위엄과 신망이 있으면서도 인간미와 유머 감각도 두루 갖추어 주변 사람들로부터 마음에서 우러나오는 사랑과 존경을 듬뿍 받고 계시다.

지금도 우리 제자들은 그 분의 삶의 궤적은 물론 일거수일투족에서 늘 교훈을 받고 있으며 여전히 선생님의 역할을 든든히 하고 계신다. 신앙과 신념과 사표를 늘 잃지 않는 항심과 함께 굵고 큰 것에만 관심과 애정을 쏟는 것이 아니라 작고 섬세한 부분에도 한없이 자상하게 챙기고 타이르며 인도해주고 계시다.

이제 김 총장님께서 평생을 몸 담으셨던 교육계의 현장을 떠나게 되신다. 내 삶의, 내 마음의 스승을 보내드리는 입장이 되었으니 만감이 교차하지 않을 수 없다. 내 마음 속에 또렷한 감명을 몸소 새겨주셨던 그 가르침들은 영원히 내 가슴 속에 살아 있을 것이기에, 감화를 받은 것처럼 그렇게 내 자신도 그 길을 묵묵히 따라가는 것이 보은하는 길이리라.

성경에 나타난 영웅 중의 영웅, 지도자중의 지도자였던 모세, 한결같은 마음으로 '겨레사랑과 하나님사랑'을 실천하였던 모세는 겨레와 하나님을 위해서라면 어떤 희생도 두려워하지 않는 사람으로 숨을 거두기까지 혼신의 삶을 살아냈다. 그 모습을 구약성경 신명기에는 다음같이 기록하고 있다. "모세의 죽을 때 나이 일백이십 세라. 그 눈이 흐리지 아니하였고 기력이 쇠하지 아니하였더라."(신명기 34장 7절)

金昞默 教授

정태류 변호사

내가 처음 김병묵 교수를 만난 것은 1982년 2월경이다. 그때 나는 변호사 개업을 앞두고 은사님들과 동문들에게 인사를 드리려고 모교 경희대학교를 방문하였다. 먼저 법대 학장실에 들렸는데 그 자리에 있던 김 교수가 스스로 법대 16회 졸업생이라고 자기소개를 하면서 내가 미처 부탁하기 전에 안내를 자청하여 나를 여러 교수와 직원 동문들에게 소개해 주었다. 바쁜 시간에도 불구하고 안내를 해주는 것도 고마운데 김 교수는 나를 곧 변호사 개업을 할 동문 선배이니 앞으로 많이 협조해 달라고 나를 대신하여 부탁을 하고 또 내가 내 입으로 말하기 어려운 나의 자랑까지 대신해 주었다.

나는 초면임에도 불구하고 김 교수가 베풀어 주는 그 친절과 성의에 크게 감명을 받았다. 그 무렵 나는 이문동의 연립주택에서 살았는데 어느 날 그 연립주택 단지 안에서 어린아이가 길에서 놀다가 자동차 운전 연습하던 차에 치여 크게 다쳐서 병원에 입원을 하였는데 다친 아이의 어머니가 그 사고를 낸 부인을 방문하여 원망은커녕 오히려 얼마나 놀랐느냐고 위로를 하였다고 해서 소문이 났다. 사고를 낸 가해자가 먼저 피해자의 부모를 찾아가서 사죄를 하고 용서를 구하는 것이 도리이고 또 보통의 피해자라면 가해자를 원망하고 야단을 치고 치료비는 물론 후유장애에 대한 책임을 지라고 따지는 것이 보통일 것이다. 그런데 나중에 알고 보니 그 피해자의 어머니가 바로 김병묵 교수의 부인이라는 것이다. 그래서 그때부터 김 교수 부부가 범상한 사람이 아니라는 생각을 하여 왔다.

이후 김 교수는 학생들의 민주화운동, 통일운동 또는 등록금 인상 반대 투쟁 그리고 노동조합의 투쟁 등등으로 국내 모든 대학이 하루도 편할 날이 없는 어려운 시기에 모교의 법대학장 기획관리실장, 부총장 또는 총장의 보직을 차례로 맡아서 어려운 문제들을 무리 없이 성공적으로 해결하여 모교의 발전에 기여한 사실은 모두가 아는 일이다.

나는 그동안 동문회의 일을 하면서 공사 간에 수시로 김 교수를 만나고 그의 활동을 보아왔다. 김 교수는 모교 총장으로 근무할 때 한국사립대학교총장협의회장, 한국대학교육협의회장, 대한민국ROTC중앙회장까지 맡아서 몸이 두 개라도 감당하기 어려운 그 바쁜 중에도 교직원이나 동문 지인들의 경조사에 거의 빠짐없이 참석하여 축하하고 격려하고 위로하는 것을 보고 그의 부지런함과 모든 사람들에 대한 지극한 정성과 배려에 항시 감탄하지 않을 수 없었다.

또 김 교수는 말을 정말 잘하는 분이다. 공사의 좌석에서 그의 이야기를 들으면 시간 가는 줄을 모른다. 구수한 입담도 좋고 분위기를 살리는 유머가 일품이다. 이야기 중에 드러나는 그의 해박한 지식이나 매사에 대한 깊이 있고 정확한 통찰에서 우러나는 그의 경험담은 듣는 이에게 새로운 지식과 영감을 준다. 또 많은 사람들을 상대로 연설을 할 때에는 동서의 고전이나 석학들의 적절한 명언을 인용하거나 감동적인 일화를 들어서 사람의 심금을 울린다.

김 교수는 이제 만80세이다. 앞으로도 김 교수는 수많은 제자와 동료 이웃들을 따뜻이 배려하면서 많은 일을 할 것이다. 그래서 나는 언젠가 김 교수로부터 들은 피터 드러커(Peter F. Drucker 1909 - 2005)의 말을 상기 시켜 주고 싶다. 즉 "내 인생의 황금기는 80세부터이다" 그리고 김 교수 는 피터 드러커보다 10년쯤 더 살아야 된다고.

새로이 시작하는 제2의 인생을 축복하며

조정원 세계태권도연맹 총재 / 前 경희대학교 총장

김병묵 총장을 한마디로 표현하자면 열정이 내재된 투사라고 표현할 수 있을 것이다.

되돌아보니 내가 김 총장과 인연을 맺고 동고동락했던 기간이 벌써 50여 년의 세월이었으니 세월이 참 빠르구나 하는 생각을 지울 수 없다.

나이로 보면 김 총장은 나의 연배이다. 50여 년을 함께 지내다 보니 이제는 친구가 되어버렸지만 김 총장은 내게 늘 인생의 선배였다. 성격적으로 또 관심 분야에서 차이를 보이면서도 서로를 필요로 하는 사이였다. 서로 부족한 부분을 인정하고 그 여백을 메워주려 노력하는 사이이기도 했다. 가장 잘 아는 사이였기에 때로는 소원(疏)한 관계가 된 때도 있었지만 지금 돌아보면 경희대학교 총장과 부총장으로서 모교의 발전을 위해 합심해서 밤낮없이 일했던 시기가 그리울 때도 있다. 늘 역동적이고 적극적이며 불굴의 투지를 지닌 김 총장에 대한 회고를 하면서 우리 둘의 모교인 경희대학교를 언급하지 않고는 얘기가 성립이 되지 않을 듯싶다.

1997년 1월, 내가 경희대학교 제10대 총장에 취임하던 날 김 총장은 취임식장 준비를 위해 분주하던 중 간판에 걸려 발목에 큰 상처를 입은 적이 있다. 모두가 행사에만 시선이 쏠려 김 총장의 부상을 알아채지 못했지만 김 총장 본인도 나중에서야 바짓가랑이 사이로 흘러내리는 피를 다른 사람이 지적해서야 알아챘다고 하니 김 총장이 일에 몰두할 때의 열정과 집중력을 미루어 짐작할 수 있는 대목이리라.

그 후 총장과 부총장으로, 그리고 내가 퇴임한 이후 경희대학교 총장을 맡으면서 김 총장이 모교인 경희대학교를 위해 헌신한 사실은 경희대학교 동문이라면 모르는 사람이 없을 정도로 많은 업적을 쌓기도 했다.

ROTC 6기 출신인 김 총장은 가끔 사석에서 1968년 무장 공비 침투 사건 때 공비를 맨손으로 잡은 무용담을 자랑스레 얘기하곤 했다. 얼마나 입담이 좋은지 참석자들은 그의 얘기 속으로 빠져들곤 했던 기억이 있다.

그런가 하면 김 총장은 대중 연설의 대가이기도 하다. 원고도 없이 즉석에서 하는 그의 연설은 청중을 늘 사로잡곤 했는데, 인용하곤 했던 고사(事)나 사례(事例)들은 당일 연설내용을 한결 실감 나게 고조시키는 데 양념이 되곤 했다. 나는 그의 이런 능력이 타고난 것이라 믿고 참 부럽다 하는 생각을 하곤 했는데, 평소에 많은 시간을 투자해서 준비하고 연습한 결과라는 걸 안 것은 한참이 지난 후였다. 이렇게 김 총장은 매사에 빈틈이 없는 사람이기도 하다.

한때 김 총장은 애주가요 애연가였다. 그러던 그가 어느 날 이 두 가지 모두를 한꺼번에 끊어버리고 말았다. 물론 건강을 이유로 들었지만 단호한 그의 성격을 읽을 수 있는 단면이기도 하다.

그러나 김 총장이 이렇게 단호하기만 한 사람은 아니다. 술 담배를 하지 않으면서도 술 마시는 사람보다도 더 좌중을 즐겁게 해주고 누구하고나 잘 어울리는 친화력은 이미 주변에 정평이 나 있다. 바쁜 일정에도 불구하고 지인들의 경조사는 물론이고 평직원과 관리직에 있는 분들의 경조사에도 시간에 구애받지 않고 참석해서 기쁨과 슬픔을 함께 나누는 걸 보면 그의 대인 관계에 대한 철저함을 엿볼 수 있다.

김 총장에게는 불가능이라는 말이 적용되지 않는다. 이루고자 하는 일이 있으면 불도저처럼 밀고 나가는 그의 성격이 불가능하다고 생각되는 일들을 성취해 내는 걸 나는 곁에서 많이 보았다. 사람인데 왜 편안하고 유복한 환경에 안주하고 싶지 않겠는가? 그러나 그는 자신의 몸을 가만 놔두는 성격이 아니다. 아마도 그의 이런 성향은 어느 분야에서든 반드시 그 결실을 맺으리라 믿는다.

과거 2008년 이명박 정부 시절에 전략공천자로 충남 서산, 태안에서 추회 의원 출마를 해서 비록 아깝게 낙선하기는 했지만, 전연 준비도 없이 갑자기 발탁되었음에도 짧은 기간임에도 불구하고 모두가 놀라울 정도의 지지율을 이끌어 냈던걸 기억한다. 당시 그는 심각한 정도는 아니지만 건강이 좋지 않은 상태였다. 그의 성격과 능력을 가늠해 볼 수 있는 대목이기도 하다.

늘 청년같이 현장에 있어야 할 그가 어느덧 80세 총장으로 퇴임을 맞이한다니 믿겨지질 않는다. 그러나 나는 김 총장이 노년을 가만히 앉아서 보내리라고는 생각하지 않는다. 그의 경험과 철학, 학식, 덕망, 그리고 열정이 나이라는 제약 때문에 이 사회와 국가를 위한 일에서 제외될 수 없을 것이기 때문이다.

다시 한번 김 총장의 퇴임을 축하한다. 그리고 새롭게 시작되는 제2의 인생이 평안함 속에서 늘 축복받는 나날이 되길 진심으로 기원한다.

김병묵 총장님과 사립학교법

조용기 前 한국대학법인협의회 회장

먼저 김병묵 총장께서 영예로운 퇴임을 맞으심에 전사학인들과 더불어 충심으로 축하를 드립니다.

저는 대학법인 이사장들의 모임인 사단법인 한국대학법인협의회의 회장과 사학단체의 연합조직인 한국사학법인연합회 회장이라는 무거운 짐을 지고 지난 참여정부 출범과 더불어 몰아친 사립학교법 파동에 대처하느라 노심초사하고 있을 때, 사립대학총장협의회장과 한국대학 교후협의회장을 겸직하신 김 총장님을 처음 뵙고 큰 도움을 받은 것이 총장님과의 첫 인연이었습니다.

법학을 전공하신 총장님은 사립학교법에 관한 해박한 지식과 경륜을 바탕으로 우리 이사장들이 미처 생각하지 못했던 탁월한 해법을 제시하고 이를 직접 행동으로 실천에 옮기셨습니다. 사립학교법의 개악 반대와 개정된 사립학교법의 재개정 촉구를 위해 사립대학 총장들은 물론 국립대학 총장들이 같이 포함된 한국대학교육협의회의 회원들을 우선 설득하여 사학법에 대한 대학 총장들의 통일된 입장과 의견을 이끌어내고, 국회 주요 당직자들을 방문하여 설득하고 압박을 가하신 것입니다.

이와 같은 총장님의 헌신적인 노력과 종교계·교육계·애국시민단체의 성원에 힘입어 2007년 6월 임시국회에서 어렵사리 사학법의 재개정을 이끌어 낼 수 있었습니다. 재개정법의 개정 내용이 사학인들의 기대에는 비록 못 미치고 있으나 개방 이사제, 임원 승인 취소요건, 임시이사 제도, 대학평의원회 구성 및 운영 등의 분야에 있어 개악되었던 규정에 상당한 손질이 가해져 앞으로 최소한 사학의 간판을 내리지 않은 채 추가적인 법 개정을 추진할 수 있는 발판은 마련되었다고 생각하고 있습니다. 제가 이와 같은 사학법 파동의 와중에서 김 총장님같이 훌륭한 분을 만나 큰 도움을 받은 것은 참으로 큰 행운이 아닐 수 없습니다.

우리나라가 일본제국에 점령되어 온 백성이 도탄에 빠져있을 때 민족혼을 살리고 독립투쟁의 불씨를 댕긴 義士烈士들 중 상당수가 충절의 고장인 충청남도 출신이었습니다. 충남 서산에서 태어나신 김 총장님은 이러한 고향의 얼을 이어받아 사학과 우리 교육이 평등주의의 늪에 빠져 미로를 헤매고 있을 때 분연히 일어나 정치권 인사들을 향해 우리의 헌법정신인 자유민주주의와 시장경제 그리고 법치주의를 회복하라고 외치신 것입니다. 좌파 정권 시절에 우리나라의 수많은 지식인들 중 개혁이라는 미명하에 자행된 좌파적 개악에 노골적으로 앞장서서 반대하고 이의 시정을 요구한 사람은 극소수에 불과합니다. 교원노조 등 소위 참여와 민주를 주장하는 세력들의 위세에 눌려 감히 개인적인 소신을 펼 수 없었기 때문이었을 것입니다.

그러나 총장님은 달랐습니다. 당시 경희대학교라는 서울 소재 큰 대학을 책임지는 현직 총장으로서, 소속 대학의 이해관계를 초월하는 전체 사학 또는 전 교육계의 공동선을 위한 일에, 정권의 개혁정책에 반대하는 일에 앞장서는 것이 매우 어려웠던 상황이었음에도 이에 개의치 않고 용기 있는 솔선수범을 보여주셨던 것입니다. 또한, 학원 설립자 2세가 총장이 되는 것이 건학이념을 유지·계승하는 데 보다 바람직할 것이라는 판단 아래 총장 재임 중에 스스로 현 조인원 총장에게 자리를 물려주시기 위해서 갖은 노력을 다하신 것으로 듣고 있습니다. 참으로 사심 없는 애교 정신에 경의를 표하지 아니할 수 없습니다.

총장님께서 퇴임하신 후에 우리 헌법을 수호할 수 있는 더 큰 역할을 맡게 되실 것입니다. 총장님처럼 큰 재목은 국가건설의 동량으로 쓰일 수밖에 없기 때문입니다.

끝으로 김병묵 총장님께서 하나님의 은총이 가득하신 가운데 온 가족과 더불어 더욱 건강하시고 다복하시기를 기원합니다.

믿음직스런 경영혁신의 리더 김병묵 총장

황동준 안보경영연구원장 / 前 한국국방연구원장

김병묵 총장님(이하 존칭 생략함)을 생각하면 우선 떠오르는 느낌이 어떤 일이든지 맡기면 책임감 있게 잘 해낼 수 있을 것이라는 믿음직스러운 리더의 모습이다. 또한 자상하고 친근한 동네 아저씨와 같은 존재 같다.

김 총장을 알게 된 기간은 30여 년 정도 되는 것 같다. 내가 국방연구원 부원장으로 있을 때부터다. 당시 국방연구원의 개혁 차원에서 각 군 참모총장, 국방 및 행정부의 차관급으로 구성되어 있던 이사진을 저명한 민간 전문인으로 참여시키는 계획을 추진 중이었으며, 김 총장을 국방연구원의 이사로 모시게 된 이후, 아주 가까운 친구로서 그리고 사회경험의 선배로서 많은 것을 배우며 지내고 있다. 또한 지금은 내가 창설한 안보경영연구원(SMI)에서도 이사로서 많은 조언과 도움을 나에게 주고 계신다.

사실 김병묵 총장과 나는 여러 면에서 공통점이 많은 것을 느끼곤 한다. 첫째, 김 총장과 나는 서로를 오랫동안 알지 못했지만 같은 시기에 목포에서 고등학교 시절을 같이 보냈다. 김 총장은 국립목포해양고등학교를, 나는 목포고등학교를 다녔다. 둘째는 김 총장은 ROTC 6기로, 나는 육군사관학교 24기로 같은 해인 1968년에 소위로 임관되어 최전방 비무장지대(DMZ)에서 국토방위를 담당하였다. 그리고 셋째로는 김 총장과 나는 경희대와 국방연구원에서 각각 교수와 연구원으로 시작하여 총장과 원장의 최고경영자까지 오른 것이다. 이렇듯 우리 두 사람은 여러 공통점이 있었음에도 서로를 만날 수 있는 기회가 없었다.

김 총장을 보면 항상 든든하고 믿음직스러운 형님 같은 느낌을 갖는다. 김 총장과 내가 1968년 소위로 임관되어 동부전선 비무장지대(DMZ)에서 근무하던 1969년은 남북한 관계가 최악이던 시기였다. 1968년 1월 19일 김신조 일당이 청와대를 기습하였고, 전방 지역에서는 북한 무장 공비들이 강원도 원통에 있는 육군 12사단 사령부 습격 등 크고 작은 수많은 총격 사건이 발생하였다. DMZ 지역에서는 거의 매일 사망자와 부상자들이 발생하는 등 정말 위태하고 어려운 시기였다. 김 총장은 ROTC 소위로서 '화랑 훈장'을 받은 유일한 분이다. 울진·삼척 대간첩작전에서 북한 무장 공비를 육박전 끝에 주먹으로 때려잡은 것이다. 정말 대단한 용기이고 용감한 군인이었던 것이다. 나는 김 총장이 화랑무공훈장을 받은 지를 몰랐었는데 우연히 골프를 치게 되면서 알게 되었다. 육사 골프장, 남성대 골프장 등 국방부에서 운영하고 있는 군 골프장 회원자격은 10년 이상 군 근무를 한 예비역과 현역이 대상이다. 회원은 그린피가 비회원에 비하여 월등히 싸기 때문에 회원 가입은 매우 엄격하다. 그런데 김 총장이 회원이라고 해서 농담한 줄 알았는데 화랑무공훈장 포상자이기 때문에 특별케이스로 회원이 되었다는 것이다. 전쟁이 아닌 평시에 화랑무공훈장을 받은 것은 실로 대단한 일이다.

이렇듯 김 총장의 소위 시절부터의 조직과 직무에 대한 투철한 사명감과 책임감은 모교인 경희대학교에서 더욱 돋보인 것을 느꼈다. 김 총장은 경희대학교 교수로 시작하여 법과대학장, 학생처장, 대학원장, 기획조정실장, 부총장을 거쳐 2006년 총장직을 마칠 때까지 경희대 발전을 위해 혼신을 불태운 것을 곁에서 보았다. 현재는 대학 캠퍼스가 참 조용하고 명실공히 상아탑 같은 분위기이다. 그러나 김 총장이 부총장이던 1998년 이후 몇 년간은 여러 대학이 대학 등록금 인상 문제, 재단 문제 등으로 시끄러웠다. 일부 대학에서는 이사장과 총장을 학내에 가두고 기물을 파괴하는 등 심각한 수준이었다. 경희대학교에서도 학생들의 시위가 상당한 수준이었던 것으로 기억된다. 내가 깜짝 놀란 것은 학생들의 공격 대상이 이사장이나 총장이 아니고 김병묵 부총장인 것이었다. 학교 건물 벽 곳곳에 '김병묵 부총장을 몰아내자!', '김병묵 부총장 가슴에 대못을 치자'는 등 차마 입에 담을 수 없는 대형 플래카드가 걸려 있었다. 사실 조직에서 부(副)직위에 있는 사람들은 인심을 잃거나 책임을 지는 등 윗사람을 위해서나 조직을 위해서 악역(惡役)을 안 하려는 경우가 대부분이다. 그러나 김 총장은 그렇지 않은 것이다. 부총장으로서 책임감과 사명감을 가지고 어려운 시기에 경희대학교의 발전을 위해 최선을 다한 것이다.

나는 이러한 김 총장의 경영 스타일을 옆에서 보면서 나 역시 김 총장과 같은 역할과 경험을 했기 때문에 깊은 이해도 하게 되고 더욱 좋아하게 되었다.

나는 1979년 국방부 산하의 출연 연구기관인 국방연구원(KIDA; Korea Institute for Defense Analyses) 창설에 참여하여 26년간을 국방연구원에서 근무하였다. 그 기간 동안 부원장을 세 번이나 역임하였고, 2002년부터 2005년까지 원장직을 끝으로 국방연구원을 떠날 때까지 오로지 국방연구원 발전에 온 힘을 기울였다. 김 총장이 부총장으로서 책임을 다했던 것과 같이 나 역시 소신 있고 책임 있는 근무 자세를 가지려고 노력하였다.

김 총장은 자기가 맡은 임무를 위해서는 정말 물불을 가리지 않고 혼신의 힘을 기울인다. 한국사립대학총장협의회장, 한국대학교육협의회장 등을 맡으면서 한국의 대학교육과 사학 발전을 위해 큰 기여를 하셨다.

나는 김 총장이 국가 발전을 위해 큰일을 꼭 해주셔야 한다는 신념을 가지고 있다. 지난 18대 총선에서 한나라당에서 김 총장을 서산·태안지역에 전략 공천한 것을 매우 당연하고 기쁘게 생각했다. 그러나 아깝게도 내 바람과는 달리 낙선하였다. 서산·태안 지역민들이 선택한 결과이기 때문에 어쩔 수 없지만 국가적으로 큰 손실이었다고 생각된다. 김 총장과 같이 지식과 경륜 그리고 책임감 있는 지도자가 있어야 한다.

작금의 국내외 돌아가는 현실을 보면 참으로 불확실하고 불투명하며 어려운 상황이다. 우리가 모두 똑바로 정신 차리고 잘 하지 않으면, 우리 국가와 민족의 미래 발전이 암울할 것 같다는 불길한 생각이 든다. 일본이 독도를 자기들 섬이라고 우기고 있다. 북한은 깡패 집단 같은 행태를 계속하고 있다. 중국과 러시아는 하루가 다르게 변하고 있다. 우리 경제와 산업의 대외 의존도는 심각하다. 산업의 중심축인 중소기업은 기술적으로 재정적으로 극히 취약하다. 우리 경제의 경쟁력은 있는가? 우리 후손들을 위해 미래를 먹여 살릴 성장 동력은 있는가? 모든 것이 불투명하고 불안하다. 과연 우리가 가야 할 길은 어디인가?

이제 김 총장은 교수로서, 대학 경영자로서 80세까지 대학 총장직을 수행하다가 교육계 현장을 떠나는 것이다. 나는 김 총장이 이제 새로운 인생 제2막을 열기를 기대하며 부탁한다. 축구 경기는 전반전, 후반전이 있다. 전·후반을 거쳐 승부가 나지 않을 경우, 연장전을 하게 된다. 연장전을 통한 승리의 쾌감은 그 기쁨이 몇 배 이상이다. 나는 김 총장이 축구 경기의 전반전을 이제 막 끝내고, 후반전 그리고 연장전을 위해서 체력도 비축하고 새로운 꿈을 설계해서 국가와 민족을 위해서 큰일을 해 주시길 꼭 부탁한다.

나는 김 총장이 지금까지의 경륜을 살려서, 20대와 같은 젊은 생각과 꿈을 가지고, 더욱 노력하고 용기 있는 도전을 해 주길 기대한다. 나는 현재 내가 운영하고 있는 안보경영연구원을 김 총장의 지도와 자문을 받아 세계적인 민간 전문연구기관으로 키우고자 한다.

김 총장의 퇴임을 진심으로 축하드리며, 한국 대학 교육 발전을 위해

144

노력하신 김 총장의 헌신적인 공헌에 큰 박수를 보낸다.

김 총장과 김 총장 가정에 건강과 행복이 늘 함께하길 기원한다!

김병묵 총장 관련 언론 보도 및 칼럼

2004-01-08　매일경제: https://www.mk.co.kr/news/all/3215331

경희대총장, "기업이 원하는 인재 키울것"

◆김병묵 경희대총장에게 듣는다◆

"흔히 취업 시즌이 되면 기업들이 학교에 와서 설명회를 갖곤 합니다. 그러나 설명회 몇 건 유치했다고 대학이 학생들에 대한 책임을 다했다고 생각하면 오산입니다. 기업들이 요구하기 전에 대학이 먼저 기업에 필요한 인력을 마케팅하는 자세가 필요합니다."

지난해 12월 2일 경희대학교 12대 총장으로 취임한 김병묵 총장. 기자가 청년실업에 대해 운을 떼자 기다렸다는 듯 말문을 열었다.

"지금 대학들은 학생 통계만 잡는 수준에 그치고 있습니다. 적극적인 마케팅은 생각도 못하고 있죠. 어느 대학도 '학생들을 인턴으로 데려다 써도 좋습니다'라고 기업들에게 말하고 있지 못합니다."

요컨대 청년실업 문제는 대학의 마케팅 부족에도 책임이 있다는 논리다. 그러면서 경희대는 '인재 풀(Pool) 제도'를 확보해 대기업을 비롯한 산업현장에 인재 데이터베이스(DB)를 제공할 예정이라고 곁들인다. 최근 모 대학이 주최한 '기업들이 원하는 인재상'이라는 세미나에서 국내 대기업들이 원하는 대학의 모습을 그대로 옮겨 놓은 듯하다. 줄기차게 기업들이 대학에 요구하고 있는 바를 김 총장은 적극 수용하고 있었다.

김병묵 총장은 "기업이 요구하기 전에 대학이 먼저 뿌린다는 정신이 확립돼야 합니다"며 "우리 대학에서는 올 연말이면 회사들은 재교육이 필요없을 정도로 단련된 인재 DB를 볼 수 있을 것입니다"고 말했다.

교육문제 중 하나인 수학능력시험에 대해서도 운을 뗀다. "한국 교육은 입시 과열로 인해 사교육이 성장하는 기형적인 형태입니다. 수험생 부담을 줄이려면 대학들이 스스로 수능 의존도를 낮추고 수시 선발 비중을 늘려야 합니다."

경희대를 경영해야 하는 입장에서 그의 전략에 대해 물어봤다. 새로 총장으로 임명되면 아무래도 실적과 새로운 사업 등 가시적인 성과가 필요하기 때문이다.

"교육 여건 개선이 사실 저의 핵심과제입니다. 경희대 캠퍼스는 나무랄 데 없지만 외국학자들을 위한 전용 컨벤션센터가 없는 데다 장학생들을 위한 장학사가 부족한 점 등 문제점이 있기 때문입니다. 투자 없이는 성과도 없습니다."

경희대는 현재 교내에 몇 개 용지를 선정해 외국에서 온 VIP급 학자들을 위한 컨벤션 홀을 설계중이다. 장학생들을 위한 전용 기숙사도 신축 계획 중이고 치과대학관도 하나 더 짓는다. 제2도서관도 신축 설계중이고 의과대 전문 도서관 또한 신축할 계획이다.

또 약학대학관은 별도로 짓고 간호대학관도 신축한다고 한다. 용지가 다 어디서 나오냐고 물어봤다. "체육대학을 전부 수원으로 보내고 서울은 첨단으로 갑니다." 지표를 단기간에 최대로 끌어올린다는 생각이다. 돈 쓸 곳이 많겠다고 했더니 '아직 멀었다'고 한다. 김 총장의 설명이다. "경희대는 우선 교육위주 교수와 연구위주 교수를 확실히 분리할 계획입니다. 신학기에만 115명의 교수 채용공고가 나갔습니다. 과학인용지수(SCI)에 논문이 발표되면 1000만원까지 격려금을 줄 겁니다. 강의 수도 획기적으로 줄일 겁니다."

대학교수 늘리기는 최근 연세대(218명) 서울대(122명) 등 전반적인 분위기다. 그러나 예년에 비해 4~5배나 많은 교수 임용이 부담스러울 수밖에 없을 텐데.

김 총장의 대답이다. "경희대는 현재 의학 한의학 치의학 약학 한약학 간호학 등을 모두 갖추고 있는 대학입니다. 여기에 동서의학대학원 의료경영 스포츠의학 등 의료분야에 대한 다양한 연계 학문들이 함께 갖추어져 있습니다. 교수에 투자한 만큼 충분히 연구성과가 나올 수 있는 시스템이 됩니다."

■ 김병묵 총장은

경희대 법대를 나와 일본 긴키(近畿)대학에서 박사학위를 받고 경희대에서 학생처장, 법과대학장, 행정대학원장, 기획조정실장 등을 거쳤다. 단국대 관선이사를 역임했으며 교육부 사립학교법개정자문위원회 위원, 경찰청 개혁위원회 위원 등 정부 일을 맡기도 했다. 98년 경희대 부총장으로 있다가 지난해 11월 총장직을 맡았다.

2004-12-06   조선일보: https://www.chosun.com/site/data/html_
            dir/2004/12/05/2004120570249.html

"취업관리 신입생때부터 시작"

"청년실업 문제는 기업과 대학, 정부 차원의 종합적인 대책이 필요하지
만 대학이나 취업을 원하는 학생들의 자구(自救) 노력이 가장 우선돼야
합니다."

지난 10월 발표된 대학 취업현황에서 고려대에 이어 취업률 2위를 차
지한 경희대 김병묵(金昞默) 총장이 신입생 때부터 취업준비를 체계적으
로 관리하는 취업프로그램을 내년부터 실시하겠다고 나섰다. 2005년
신입생부터는 입학과 동시에 취업 희망 여부를 조사해 희망자는 취업이
될 때까지 학교가 나서서 조직적이고 체계적으로 관리를 해나간다는 계
획이다. 김 총장을 이를 위해 현재 시행하고 있는 재학생 경력 관리 프
로그램부터 확대 개선했다고 말했다.

"취업 상담과 동시에 개인별 경력관리카드를 작성해서 희망 분야에 진
출하기 위한 학점을 이수토록 하고, 다양한 인턴십 프로그램, 전문지식
습득을 지도하는 재학생 경력관리 프로그램을 지금의 고학년만이 아닌
전교생을 대상으로 확대 실시할 것입니다."

김 총장은 또 "현재 11개 과목을 운영하고 있는 취업스쿨의 경우 내년

부터는 직종실무론 등의 강좌를 추가로 개설, 저학년 때부터 적극 참여하도록 유도할 계획"이라고 강조했다.

김 총장은 또 '교수 1명이 제자 1명 취업시키기' 역시 역점 사항의 하나로 추진하고 있다. 교수들의 제자 취업 실적을 연구실적 못지않게 고과에 반영한다는 방침도 세워 두고 있다.

"각 학과의 커리큘럼도 관련 기업들과 상의해 정함으로써 기업이 원하는 실용학문 강좌를 늘려 나갈 것입니다. 사회가 원하는 '맞춤형 인재'를 길러내는 것에 교육의 중점을 두겠습니다."

2005-01-26   동아일보: https://www.donga.com/news/article/all/20050125/8153458/1

사립대학총장協 회장 추대된 김병묵 경희대 총장

"대학구조조정과 사립학교 관련법 개정안 등 대학사회에 큰 변화를 가져올 수 있는 주요 정책에 대한 사립대학들의 입장을 대변하고 정부와 논의하는 창구 역할에 최선을 다하겠습니다."

최근 임기 2년의 한국사립대학총장협의회 회장에 추대된 경희대 김병묵(金炳默·사진) 총장은 25일 "정부가 대학을 규제하기보다 자율성 신장 노력을 기울여야 대학이 발전할 수 있다"고 강조했다.

김 회장은 "광복 이후 재정이 어려운 정부 대신 독지가들이 사재를 출연해 학교를 세운 뒤 인재 양성을 통해 국가 발전에 기여해 왔다"며 "그러나 현재 국회의 사학법 개정안에는 개방형 이사제 도입 등 사학의 건학이념과 경영권을 훼손하는 내용이 많은 만큼 국민적 합의가 필요하다"고 말했다.

김 회장은 또 "정부 정책이 규제 일변도로 나가면 반드시 부작용이 생긴다"며 "학생선발권 등도 대학에 맡겨 대학간 선의의 경쟁을 통해 발전할 수 있도록 유도하는 게 바람직하다"고 지적했다.

2005-01-27   서울경제: https://m.sedaily.com/NewsView/1HQ8APRQV9

서울시 '亞컨벤션허브' 도약 본격화

서울시가 '아시아 컨벤션 중심(허브)'으로의 도약을 본격 추진한다. 서울시는 26일 연세대·한양대 등 16개 대학과 롯데호텔·아시아나항공 등 7개 업체 및 기관과 서울 지역 컨벤션산업 발전을 위한 산학연 협력체계를 구축하는 협정 조인식을 가졌다. 시는 산학연 협력체계의 활성화를 위해 언제 어디서나 네트워크에 접속할 수 있는 유비쿼터스 환경을 기반으로 컨벤션 참가자에게 입국에서 호텔 예약, 관광까지 각종 컨벤션서비스를 제공해주는 U-컨퍼런스 서비스를 도입할 계획이다. 또 협력체계를 통해 정보기술(IT)을 연계한 컨벤션 벤처산업을 지원하는 '서울컨벤션벤처센터'를 건립하고 전문인력 양성 프로그램을 운영하기로 했다. 이와 함께 뉴욕·런던·도쿄 등 세계 컨벤션 중심도시의 주요 인사들을 초청, 컨벤션산업 육성을 위한 도시발전전략을 논의하는 '세계 컨벤션 시티 CEO 포럼'을 개최하는 등 주요 도시와 전략적 협력관계를 구축하는 한편 해외 한인을 대상으로 한 국제회의 유치에도 나설 방침이다. 시의 한 관계자는 "생산·고용과 함께 고부가가치를 창출하고 도시 마케팅을 촉진하는 컨벤션 산업을 육성해 서울을 아시아 컨벤션 중심으로 도약하도록 할 계획"이라고 말했다.

2005-05-10   경향신문: https://m.khan.co.kr/people/people-general/
article/200505091807011

"대학개혁 기업잣대로 보면 곤란"

지난해 8월 교육인적자원부가 '대학구조개혁방안'을 발표한 뒤 대학마다 구조조정이 화두가 됐다. 정부는 국립대를 권역별로 통합하겠다고 하고, 사립대는 사립대대로 비인기학과 중심으로 입학정원 감축을 추진하고 있다. 대학의 수장인 총장, 그것도 사립대 총장들의 모임인 전국사립대총장협의회 회장을 맡고 있는 김병묵 경희대 총장(62)을 총장실에서 만나 대학의 변화와 개혁에 대해 들어보았다.

김총장은 대학의 구조조정이 피할 수 없는 대세라는 걸 이렇게 설명했다. "전국에 4년제 대학이 203개나 됩니다. 광역지자체마다 13개꼴이지요. 어떤 광역지자체엔 4년제 대학만 22개나 됩니다. 학생은 줄고…" 그나마 어떤 대학들은 공들여 뽑아놓은 학생들을 편입학으로 뺏기는 통에 강의실이 '텅 비었다'고 했다.

그러나 김총장은 기업과 대학의 구조조정은 다르다고 했다. "기업처럼 인기학과만 살리다간 오히려 대학을 고사상태에 빠뜨린다"는 것이다. 그래서 실용학문과 기초학문 사이 어떻게 조화를 이뤄나갈 것인가를 고민해야 한다고 강조했다.

157

그는 대학이 이렇게 난립하게 된 데에는 정부의 책임이 크다고 했다. "교육은 나라가 시켜야 하는 겁니다. 그러나 나라에서 할 수가 없으니 사립학교에 맡긴 거지요. 그 많은 사립대학을 승인해준 게 정부예요. 당연히 대학의 구조조정 과정을 지원해야 할 의무가 정부에게 있는 겁니다."

그는 기업도 대학을 지원하고 육성해야 할 책임이 있다고 덧붙였다. 기업은 늘 '사내 재교육 비용'이 너무 많이 든다고 타령을 한다. 그러나 '필요한 인재를 양성해달라'고만 하지 기업이 언제 대학을 지원해본 적이 있느냐는 것이다. "대학이 어느 한 기업의 기호에 맞는 인력만 키울 수는 없는 겁니다. 기초를 닦은 뒤 기업에 맞는 맞춤식 교육을 할 수 있지요." 김총장은 기업이 '재교육'에 투자하는 재원의 50%만 대학에 투자하고 지원하면 충분히 기업의 기호에 맞는 인재를 양성할 수가 있다고 주장했다.

"21세기 동북아시대에 한국이 주역이 되려면 창의적인 사람을 키워야 합니다. 입학하자마자 취업준비하는 대학은 생명력이 없습니다." 그는 대학이 가장 자유로운 곳이 돼야 한다고 했다. 학생들이 어설프더라도 뭔가 새로운 것을 적극적으로 내놓을 수 있는 분위기를 만들어야 한다는 것이다. 대학은 그런 학생들의 뒷바라지를 해주고 서비스를 제공하는 곳이 돼야 한다는 주장이다.

김총장은 그러나 정부가 해야 할 대학교육의 80% 이상을 사립대학이 맡고 있지만 규제는 사립대가 오히려 더 받고 있다고 주장했다. 그는 그 예로 기업의 기부금에 대한 세금문제를 들었다. 국립대에 기부하면 100% 공제해주는 데 반해 사립대는 5%밖에 안 해준다. 당연히 사립대에 기부하려는 기업이 적을 수밖에 없다는 것이다. 그는 현재 사립대총장협의회에서 사립대 지원을 위한 교부금법 개정을 요구하고 있다고 했다.

마지막으로 김총장은 자신이 맡고 있는 경희대의 발전방향을 '의학과 정보디스플레이, 로스쿨 특성화'라고 밝혔다. 한의학과 양의학·치과학·약학·간호학 5개 의학 관련학과가 모두 있는 세계 유일의 대학이 경희대인 만큼 의학을 중점적으로 육성하겠다는 얘기다. 한·양의학 전공자들이 서로 바꿔 공부함으로써 의학의 '동서협진체제'를 구축하겠다는 포부다.

"의학을 특성화한다고 해서 의학만 육성하는 게 아닙니다. 인문학과 공학도 의학과 아주 무관한 것이 아닙니다. 인접한 모든 학문과 학교의 잠재력을 같은 방향으로 끌고나가겠다는 거죠."

4년 뒤, 개교 60주년에는 경희대를 '세계 100대 대학'으로 키우고 싶다고 김총장은 자신의 꿈을 밝혔다. 김총장은 경희대 법대를 나와 일본 긴키(近畿)대에서 석·박사 학위를 받았으며 1980년부터 경희대에 몸을 담았다. 법대학장, 기획조정실장, 부총장을 거쳐 2003년부터 총장직을 맡았다. 올해 사립대총장협의회 회장을 맡았으며 대학교육협의회 부회장으로 있다.

2005-12-14   조선일보: https://www.chosun.com/site/data/html_
dir/2005/12/13/2005121370485.html

[쟁점]개정 사립학교법 …"자율성·재산권 침해하는 惡法"

'개방형 이사 제도'의 도입을 주요 내용으로 하는 사립학교법 개정안이 국회의장의 직권상정하에 극심한 물리적 충돌 속에서 제안 설명도 없이 변칙통과되었다. 이 법은 그동안 모든 사학들과 교육계는 물론, 국민들마저 사학의 자율성을 훼손하고 재산권을 침해하며 헌법과 자유민주주의 체제에 반(反)하는 악법이라고 반대해 왔다.

과거 우리나라 사학들은 국가가 주권을 잃고 혹독한 시련을 겪던 일제시대에서도 고통의 가시밭길을 헤치며 건학(建學)의 정신과 전통을 이어 왔다. 또한 광복 이후 오늘에 이르기까지는 우리나라의 근대화 교육을 선도해 왔으며, 수많은 인재를 양성하여 나라 발전에 크게 공헌해 왔다. 그러한 사학들에 표창은 못할망정 전교조가 10년 전에 내놓은 반(反)민주적인 안을 열린우리당이 이름만 바꾸어 전격 통과시켜 버렸다.

사립학교법 개정안은 사학 운영의 투명성을 명분으로 하고 있다. 그러나 현재 비리와 분규로 문제가 된 곳은 전국 301개 사립대학 중 회계부정 10개교, 이사회 부실운영 8개교, 임원간 분쟁 3개교에 불과하다. 이 정도의 문제는 현행법이나 교육부의 감사로도 얼마든지 제재나 엄벌에 처할 수 있으며, 이미 그런 대학에는 임시이사가 파견되어 있다.

개방형 이사 제도의 핵심은 이미 전교조가 장악한 것으로 시비가 되고 있는 학교운영위원회(대학평의원회)에서 2배수로 추천하면, 만약 그들이 반(反)사학적인 인사라도 그들 중 한 명을 이사로 임명해야 된다는 것이다. 말을 바꾸면 개방형 이사 제도는 사학 경영의 지배구조를 바꾸자는 것이다. 즉 이는 사학의 기본권을 침해하는 것이며, 창학(創學) 정신과 건학 이념의 계승 및 유지, 나아가서는 민주주의와 시장경제를 부정하는 헌법질서 파괴법안이 아닐 수 없다. 이는 일방적으로 다른 사람 집에 처들어가 살림에 간섭을 좀 해보겠다는 억지 주장과 다를 바가 없다. 더욱 큰 문제는 극히 소수 대학의 투명성 문제로 잘하고 있는 사학들까지 싸잡아 자율성을 억압하겠다는 것이다.

사학은 지난 6월 투명성 제고를 위해 전(全) 사학인이 한자리에 모여 자정(自淨) 결의 대회를 갖고 사회 저명인사들로 사학윤리위원회를 구성한 바 있다. 그러나 정부·여당은 교육 현장의 책임자들과도 한마디 상의 없이 전격 통과시켜 버렸다.

만약 사학법이 시행된다면 교내 구성원 간의 분열은 불을 보듯 뻔하다. 외부인사가 개입하여 학교 행정을 일일이 간섭한다면 학교 운영을 둘러싼 갈등이 불거질 수 있다. 학교 내에는 파벌이 조성될 것이고 분규가 계속될 것이며, '나눠먹기식(式)'의 교육행정이 이루어질 가능성마저 있다. 신선해야 할 교육의 장은 아수라장이 되고 싸움판이 될 것이다.

외국에서도 교육개혁은 이루어지고 있다. 그러나 대학에 폭넓은 자율권을 부여하며 대학의 일은 대학에 맡기는 것이 근간이다. 그런데 왜 우리는 오히려 외부 인사를 경영권에까지 참여시키려 하는가? 교육의 장래가 암담하다. 누가 사학을 설립하고 또 사학에 투자하려 할까? 마음이 침통하고 가슴이 답답하게 저려 온다.

그러나 지금도 늦지 않았다. 대통령과 정부·여당에 건의하고자 한다. 첫째로 사립학교법 개정안은 자유민주주의에 역행하는 법률이므로 대통령은 법률안 거부권을 발동해 주기를 바란다. 둘째로 문제의 사학은 엄히 다스리되 잘하는 사학에 대해서는 오히려 규제를 풀어, 육성 정책을 펴는 사립학교법으로 개정해줄 것을 간곡히 건의하고자 한다. 그리하여 많은 사학들이 희망과 비전 속에 아름다운 미래의 꿈을 키우며 더욱 헌신적으로 이 나라 교육 발전에 기여할 수 있도록 사기를 북돋아 주기를 바란다.

(金昞默·경희대 총장·사립대학총장협의회장)

동아일보: 2005. 12. 23. / 문화일보: 2005. 12. 23.

대통령님께 드리는 글

협의회는 그동안 정부와 여당이 추진해온 사립학교법 개정안에 내포된 상당한 문제점을 시정하기 위하여 국회와 여·야 등 관계요로에 꾸준한 노력을 기울여 왔습니다. 그러나 심히 유감스럽게도 국회의장이 직권상정하여 절차적 하자 속에서 강행처리 됨으로서 자유민주주의를 신봉하는 다수 국민들과 대학 관계자들은 큰 충격과 함께 혼란에 휩싸여 있습니다. 이에 본 협의회는 최종 결정권자인 대통령님께 다음과 같은 사안의 심각성을 심사숙고하시어 법률안거부권을 발동해 주시기를 촉구드리는 바입니다.

사학의 개방형 이사제도는 기업의 사외이사제도와 다릅니다

기업의 사외이사는 기업의 이사회가 주도적으로 의견을 조율한 후 주주총회에 추천하여 결정하는 제도입니다.

즉 이사회의 의견을 배제시키고 다른 단체에서 추천하는 자를 주주총회가 결정하는 것이 아닙니다. 기업의 사외이사와 같은 개방형 이사제는 현재 대학에서도 시행되고 있습니다. 설립자 및 이사장의 친·인척, 배우

163

자를 제외한 나머지 이사는 모두 개방형이사로 구성되어 있습니다.

그러나 이번 사립학교법 개정안의 개방형 이사제도는 학교법인 이사회의 의견을 원천봉쇄하고 다른 단체에서 추천하는 자를 무조건 이사로 선임해야 되는 제도입니다. 이는 건학이념, 창학정신의 계승, 유지가 불가능할수도 있고 위헌성은 물론 자유민주주의의 뿌리를 흔드는 제도일 수도 있습니다.

대학의 자율권을 침해하는 제도입니다.

현재 전국의 사립대학 301개 대학 중 비리, 분규 등으로 문제가 된 대학은 21개 대학입니다.

이런 대학은 현행법으로도 얼마든지 엄벌에 처할 수 있으며 이미 사법처리는 물론 현재 임시이사들이 파견되어 있습니다. 그러나 이번 사립학교법 개정안은 건전하게 운영되고 있는 대학들마저 싸잡아서 자율성을 억압하는 제도입니다. 뿐만 아니라 관할청이 학교운영에 중대한 문제가 있다고 자의적으로 판단할 때에는 얼마든지 임시이사를 파견할 수 있는 개정안이기도 합니다.

학문의 전당인 대학은 화합의 장이 아닌 분규와 갈등의 장이 될 것입니다

국제화시대에서 경쟁력 있는 대학으로 발전시키기 위해서는 총장의 강력한 리더쉽이 절실히 요구됩니다.

그러나 이 법이 시행되고 대학평의원회가 자문기구가 아닌 심의기구로 제도화되면 총장의 지도력은 발휘될 수 없고 이해 당사자들의 분열과 갈등으로 대학개혁이나 구조조정은 물론 대학발전은 기대할 수가 없습니다.

더군다나 정치운동과 노동운동을 금지시켰던 현행법에서 노동운동을 보장하는 사립학교법으로 바뀜으로 외부세력이 학내문제에 개입할 수 있는 길을 터줬다는 점에서 심히 우려하지 않을 수 없습니다.

사학인들의 사기가 땅에 떨어졌습니다

대통령님께서는 이 땅의 사학을 비리의 온상으로 보시지 않을 줄로 믿습니다. 구한말 어두웠던 이 땅에 근대교육의 횃불을 들었고 이 나라 인재들을 양성시키기 위해 혼신의 힘을 다했던 사학인들은 오늘의 대한민국을 발전시키는 데 앞장서 왔다고 자부합니다.

이에 한국사립대학총장협의회는 대통령님께 규제에만 치우친 사립학교법 개정안을 보완하고 건전한 사립대학에 대해서는 더욱 자율성을 확대 부여하며 행·재정적인 지원을 강화시켜주는 안으로 개정하시겠다는 의지로 이번의 사립학교법 개정안에 대해서는 거부권을 발동해 주실 것을 정중히 그리고 강력히 건의 드리는 바입니다.

2005-12-30   경향신문: https://m.khan.co.kr/national/education/
article/200512281824381

'私學' 자율성이냐 공공성이냐

사립학교 이사장 등이 28일 개정 사립학교법에 대해 헌법소원을 제기함에 따라 사학법의 위헌여부는 결국 헌법재판소에서 가려지게 됐다. 개정 사학법의 운명은 헌재가 재단법인인 학교법인의 자율성과 교육의 공공적 기능 중 어느 쪽에 무게를 두느냐에 따라 갈릴 것으로 보인다.

사학 법인 관계자들이 28일 오전 개정 사립학교법의 위헌 여부를 가려달라며 헌법재판소에 헌법소원 청구서를 제출하고 있다.

헌소 청구인들 주장은 사학법인은 개인이나 단체가 사유재산을 기부해 만든 재단법인이라는 것에서 출발한다. 사학은 공법인(公法人)이 아니기 때문에 원칙적으로 외부의 간섭없이 자율 운영돼야 한다는 것이다.

사학의 공공성을 감안하더라도 국가는 법인이 추구하는 교육목적을 도와주고 사학이 목적을 일탈하지 않도록 지원과 감독을 해야지, 그 이상의 개입을 하는 것은 월권으로 재산권과 교육의 자주성 등을 침해한다는 것이 이들 주장의 핵심 논거다.

이들은 또한 일부 비리사학은 다른 형사 법률을 통해 충분히 대처할 수 있는데도 사학법을 개정까지 한 것은 헌법이 보장하는 과잉금지원칙

등에 어긋난다는 주장도 펴고 있다.

그러나 합헌론자들의 견해는 전혀 다르다. 합헌론자들의 기본 시각은 사학은 교육기관으로서 일반 사기업보다 공공성이 훨씬 크다는 것이다.

또 대부분의 사학이 정부 보조금을 받아 운영되는 만큼, 사학에 대한 공공적 통제는 세금을 낸 국민의 입장에서는 당연한 권리행사라고 합헌론자들은 본다. 이들은 아울러 개방형 이사제를 실시해도 참여하는 외부인사가 의사정족수인 과반수에 미치지 못해 사학 경영권의 본질을 침해하지 않는다고 반박하고 있다.

헌재에서 위헌결정이 나려면 재판관 9명 중 6명 이상이 위헌의견을 내야 한다. 그러나 사학법을 강력 반대하는 한나라당이 추천한 재판관은 권성씨뿐이다. 따라서 헌재의 인적구성으로 볼 때 사학법 위헌 주장이 받아들여질 가능성은 높지 않다는 것이 법조계의 조심스러운 분석이다.

2005-12-30

사학수호 국민운동본부 발족 400여 종교·교육·시민 단체 연합

한국기독교총연합회와 사학법인협의회, 뉴라이트전국연합 등 400여 개 종교·교육단체와 시민단체가 29일 정부의 사립학교법 개정안 공포에 맞서 '사학(私學)수호 국민운동본부'(본부장 김성영 성결대 총장)를 발족 하고 법률 불복종운동에 나섰다. 앞으로 국민운동본부는 사학법 무효 화 투쟁을 전담하게 된다.

400여개 단체의 관계자 200여 명은 이날 서울 프레스센터에서 기자 회견을 갖고 "사학 수호를 통해 대한민국의 정체성을 지키기 위해 연대 (連帶)에 나섰다"고 말했다. 이들은 또 "순교(殉敎)의 정신으로 사학 악법 의 철폐 및 재개정을 관철하고, 불순세력으로부터 사학과 학생들을 보 호하며, 사학의 자율적인 교육개혁과 청렴윤리 운동을 촉구한다"고 말 했다. 국민운동본부는 내달 10일쯤 출범대회를 열어 조직을 새로 갖추 고 1000만명 서명운동 등 공식 활동을 시작할 계획이다.

국민운동본부에는 한국사학법인연합회, 한국기독교총연합회(한기총), 대한예수교장로회, 기독교대한감리회, 대한성공회, 자유주의교육운동연합, 선진화정책운동, 자유시민연대, 시민과함께하는변호사모임, 월드비전, 전국NGO연대 등이 참여했다. 김수환 추기경, 조용기 목사, 송월주 전 조계종 총무원장, 정범모 박사는 고문에 위촉됐다. 발기인에는 이광자 서울여대 총장, 이석연 변호사, 김진홍 목사, 유석춘 연세대 교수, 김병묵 한국사립대총장협의회 회장(경희대 총장), 윤종건 한국교총 회장, 정기승 헌법을생각하는변호사모임 회장, 이상주 교육공동체시민연합 공동대표(성신여대 총장) 등이 참여했다.

이날 행사를 주관한 최성규 한기총 회장은 "여당의 사학법 강행 처리 후 촛불기도회 등을 통해 교인들과 국민들의 뜻을 확인했다"며 "종교·종파를 초월하고 시민단체와 학원들이 연합한 범국민적 운동을 벌여나갈 것"이라고 말했다.

2006-01-09　문화일보: https://www.munhwa.com/news/view.
html?no=2006010901013137191002

〈포럼〉사학법 재개정만이 해법이다

사립학교법 개정을 둘러싸고 정국이 극단적 상황으로 치닫고 있다. 종교계와 한국사학법인연합회, 한국사립대학총장협의회를 비롯한 80여 시민단체와 많은 국민이 개정 사학법을 우리의 생존 가치인 자유민주주의 체제를 흔드는 악법으로 바라보고 있다.

특히나 종교계 지도자들은 거룩한 순교의 정신으로 투쟁하고자 1000만 서명운동까지 선언하고 나섰다. 이에 맞서 정부 역시 필요한 경우 학교장 해임 요구, 임시이사 파견을 비롯하여 사법처리에 이르기까지 강경 조치를 취하겠다고 으름장을 놓고 있다. 또한, 정부는 제주도 지역 5개사립고교의 신입생 배정 거부 입장 철회와 관계없이 감사를 추진할 것이라고 한다. 이번 사태를 사학 비리를 척결하는 계기로 삼겠다는 것이다.

이렇게 갈등과 대립이 심해지고 국론이 분열되는 모습을 보면 마치 마주보고 달리는 열차가 부딪칠 것 같은 순간을 지켜보듯 가슴이 쿵쿵 방망이질을 한다. 도대체 나라가 어디로 가고 있는 것인가? 교육의 장래는 어떻게 될 것인가? 답답하고 침울한 심정을 억누를 길이 없다. 국민의 한 사람으로, 교육자의 한 사람으로 이 나라 교육 현실과 실망스러운 정치 풍토의 혐오에 지쳐 넌더리를 느끼게 된다.

잘못하면 사립학교법 문제로 이 나라는 파국의 늪으로 빠져들 수도 있다. 이를 헤쳐 나가기 위해서는 개정사립학교법을 재개정하는 길밖에 없다. 다음과 같은 이유 때문에 개정사립학교법은 반드시 재개정돼야 한다.

첫째, 학교법인 이사회의 의견을 원천적으로 봉쇄한 채 다른 단체에서 추천하는 인사를 무조건 이사로 선임해야 하는 개방형 이사제도는 자유 민주주의의 뿌리를 흔드는 제도로서, 교육인적자원부의 고문변호사들 마저도 위헌으로 지적한 바 있다.

둘째, 학교장의 임기는 4년으로 하고, 1회에 한해서만 중임할 수 있도록 제한한 반면, 임시이사 임기제한 조항은 아예 삭제하여 임시이사는 수십 년이라도 재임이 가능하도록 길을 열어 놓았다. 이것은 사학의 자율성을 지나치게 침해함은 물론 세계 어느 나라에서도 찾아볼 수 없는 위헌조항이다. 미국 대학 총장의 평균 임기가 11년 6개월임을 감안할 때, 이 조항은 서둘러 재개정돼야 한다.

셋째, 법인이사장의 배우자와 직계존속 및 비속과 그 배우자는 학교의 장에 취임할 수 없도록 규제하고 있다. 이는 개인의 기본권 침해 및 국가 보안법 등에서 폐지되었던 연좌제를 새롭게 형성한 것으로서, 독소의 위헌조항이 아닐 수 없다.

그 밖에도 현행 사립학교법에서는 정치운동 및 노동운동을 금지하고 있으나 개정 사학법에서는 노동운동을 보장하고 있어 신성한 학원이 교육의 장이 아닌 소요의 장, 갈등의 장으로 조성될 우려가 있다. 기존의 교비회계 수입을 법인회계에 전출하거나 대여할 수 없었던 것을 임시이사가 파견된 경우에 이사회 운영경비 및 사무직원 인건비를 교비에서 전출할 수 있도록 새롭게 규정하고 있는 등 참으로 한심하고 어리석은, 비정상적인 발상이 아닐 수 없다.

전국 사립학교 2077개교 가운데 비리·분규·부정 등으로 문제가 된 사학은 35개교뿐이다. 이런 사학들은 현행법으로 이미 사법처리는 물론, 임시이사들이 파견되어 있다. 그럼에도 불구하고 개정된 사립학교법은 소수의 잘못된 사학을 빙자로 건전하게 운영되고 있는 사학들마저 싸잡아서 자율성을 억압하고 있다.

적어도 이상 언급된 내용들은 반드시 보완되어야 하고 재개정되어야 한다. 지금이라도 늦지 않았다. 하루 속히 정부 여당으로부터 재개정 의지 표명이 있길 바란다. 그것만이 파국을 막는 유일한 지름길임을 강조하고자 한다.

2006-05-09   조선일보: https://www.chosun.com/site/data/html_
dir/2006/05/08/2006050870575.html

문화기행·탐방 등으로 年 2000명 해외 연수

경희대(총장 김병묵)는 2009년 개교 60주년을 앞두고 '신(新)지성 구현을 통한 문화세계 창조'라는 비전아래 중장기 발전계획인 '퓨처(Future) 경희 2010+' 추진에 박차를 가하고 있다. 글로벌 우수대학의 도약을 위한 실천단계로 대학 전체의 균형발전과 부문별 특성화의 조화를 도모할 예정이다.

이 가운데 대학 국제화는 경희대의 주요 프로그램으로 구체화되고 있다. 현재 54개국 251개 대학과 자매결연을 맺었다. 매년 2회 선발해 외국 자매결연 대학으로 파견하는 교환학생제도와 전공·어학·체육·문화·인턴·봉사 연수는 어학을 포함해 해당 학교의 문화를 체험하는 프로그램으로 학생들의 호응이 높다. 칭와대와 베이징대 등 중국 5개 명문사학과의 자매결연 및 교환학생제도는 중국학생들과 경희대생들이 함께 연구할 수 있는 토대를 마련했다.

최근엔 한의과대학과 미국 존스홉킨스대학간 한의학 분야에 대한 학술교류협정을 체결했고, 정보디스플레이학과는 프랑스 에꼴폴리테크닉과 석사과정 복수학위과정을 개설해 매년 양교 대학원생을 파견·교육하는 협정을 맺었다. 국제지역학부는 지난해부터 전공과목을 영어로 진행하는 국제대학으로 확대 개편됐다.

학생들의 해외견문을 넓히기 위해 세계문화교육기행(서울캠퍼스), 경희해외탐방(수원캠퍼스), 경희해외봉사단 등 다양한 해외연수 프로그램을 마련해 연 2000명의 학생을 해외에 파견하고 있다. 또 우수 해외 유학생을 유치하기 위해 10여년 전부터 해외유학박람회에 적극 참가하고 있다.

국제교육원은 한국어와 외국어 전문교육기관으로 매년 50여개국 1200여 명의 재외동포와 외국인 학생들이 한국어와 한국문화를 공부하고 있으며 영어·일본어·중국어·스페인어 등 다양한 외국어 강좌가 운영된다.

또 경희대는 6월 26일부터 미국 펜실베니아대학교와 공동으로 '펜-경희 섬머 프로그램(Penn-Kyung Hee Summer Program)'을 개설한다. '펜-경희 섬머 프로그램'은 학문적 수월성에 기반한 사회적 책임 구현이라는 양 대학 공유의 교육목표 하에 타 대학의 국제 섬머 프로그램과 달리 동아시아와 글로벌 거버넌스 분야를 중심으로 특화된 강의와 다양한 문화적 체험 기회를 제공하는 21세기 교육의 새로운 패러다임을 제시하는 프로그램이다.

2006-09-12   중앙일보: https://www.joongang.co.kr/article/2444603

[한의학박람회] "한의학의 과학성 볼 수 있을 것"

"한의학 국제박람회는 경희대 개교 50주년이었던 1999년 시작돼 지난해까지 매년 10만여 명의 관람객이 방문할 정도로 국민 속에 자리잡았습니다. 한의학의 대중화와 과학화.세계화를 획득할 수 있는 목적으로 추진돼 지금까지 성공적이었다는 평가를 받고 있습니다. 올해는 근거 중심 의학으로서 한의학의 위상과 난치병에 관련된 다양한 건강강좌 등 다채롭고 실용적인 키워드들을 제공할 것입니다."

이번 한의학 국제박람회의 조직위원장을 맡은 김병묵(사진) 경희대 총장은 "비과학적이라는 인식 때문에 국민으로부터 멀어져 가는 한의학의 위상을 한의학박람회가 새롭게 정립하는 계기가 될 것"이라고 강조했다. 서양의학이 실증과 실험, 연구를 거쳐 수정·발전돼 온 반면 한의학은 전통적인 경험, 개인적인 비방에 의존해 환자를 치료하다 보니 제대로 된 평가를 받지 못했다는 것. 따라서 이번 박람회에선 한의학의 우수성을 몸소 체험해 보도록 한의학 관련 100여 교육기관과 업체가 참여, 과학적인 면모를 일신해 보이겠다는 것이다.

"올 전시회에는 전신체열측정기, 홍체용 진단카메라, 체성분 분석기 등

한방 관련 의료기기 업체의 참가가 두드러집니다. 과학적인 근거에 바탕을 둔 한의학의 발전 현황과 한의학 관련 국제세미나 개최를 통해 한의학이 근거중심의 과학이라는 것을 한눈에 관찰해 보도록 했습니다."

그는 박람회가 한의학이 세계로 나가는 도약대가 될 수 있도록 힘을 기울여야 할 것이라고 강조했다.

"전통에만 의존해 한의학과 관련된 연구를 멀리한 결과 최근에는 대체의학, 보완의학의 이름으로 우리 전통의술이 역수입되는 사태까지 발생하고 있습니다. 한의학의 정통성을 찾고, 박람회의 슬로건처럼 세계로 나가는 한의학이 되기 위해선 많은 국민이 박람회를 찾아와 격려해주셔야 합니다."

존경하는 선후배 동문 여러분!

21세기는 동북아 시대라고 했습니다. 세계의 석학들이 또 미래학자들이 일찍부터 얘기했습니다. 1929년 타고르가 동아일보 초청으론 대한민국을 방문하기 위해 일본에까지 왔던 일이 있었습니다. 그러나 일본의 방해로 한국을 방문하지 못하게 되었습니다. 동아일보 기자가 일본까지 가서 취재하려 했지만 그것마저 여의치 못했습니다.

우여곡절 끝에 타고르부터 쪽지 하나를 건네받았습니다. 거기에는 "일찍이 아시아의 황금기에 찬연히 빛났던 조선, 그 등불 다시 켜지는 날, 너는 동방의 밝은 빛이 되리라"라는 글귀였습니다. 지금부터 77년 전 타고르는 이미 21세기는 대한민국이 이끌어 갈 것임을 예언했던 것입니다. 21세기는 동북아 시대이며 한국, 중국, 일본이 중심 국가가 될 것이며, 그 중에서도 우리 대한민국은 주도국이 될 것입니다. 최근 일어나고 있는 한류의 열풍이 바로 그 신호탄이기도 한 것입니다.

저는 대한민국 국민 중에서도 바로 ROTCian이 대한민국을 이끌어가고 21세기를 선도하며, 인류를 이끌어갈 인재임을 확신합니다. 저는 12

177

대 중앙회장으로 취임하면서 먼저 14만 ROTCian을 하나로 묶고 결속시켜야 한다는 막중한 책임감을 느낍니다. 우리의 뭉쳐진 힘과 조직이 지식인 집단, 봉사하는 집단, 애국하는 집단, 국민들로부터 신뢰받는 집단, 국민들을 계도하는 지도자 집단이 될 수 있도록 최선을 다하겠습니다.

우리 ROTC 조직은 중앙회 집행부 몇 명이 이끌어갈 수 있는 조직이 아닙니다. ROTCian 모두가 관심을 갖고 참여할 때, 비로써 발전할 수 있는 것입니다. 14만 ROTCian이 화합하고 협동하며 단결 속에 발전시킬 수 있도록 적극적으로 도와주시길 바랍니다. 중앙회가 左右로 치우치지 않고 바르게 운영될 수 있도록 지혜를 주시고 날로 발전하는 중앙회가 될 수 있도록 채찍 속에 협조하여 주시길 바라마지 않습니다.

끝으로 선후배 동문 여러분들의 건승하심과 소망하시는 모든 일들이 뜻대로 이루어지길 기원합니다.

2006-09-27   조선일보 광고

(광고)
지금은 때가 아니다.
「전시작전통제권」 단독행사 추진을 반대한다!

우리 15만 ROTCian은 이 땅의 자유민주주의와 155마일 전선을 비롯한 국토방위를 위해 피땀을 흘렸고 전역 후엔 사회 각계각층에서 이 나라 발전을 위해 헌신적으로 신명을 바쳐왔다.

우리는 한미동맹의 약화와 한미연합사 해체로 이어지는 전시작전통제권 단독행사 추진으로 국론이 분열되고 있는 오늘의 현실을 국가의 위기로 보고 있다. 안보문제는 국가존망의 문제로 모든 국민의 안위와 존엄 그리고 행복이 걸린 문제이다. 그렇기 때문에 안보문제는 정치적 논리나 이념적 고정관념을 앞세운 감성적 판단의 문제로 삼을 수 없다. 더구나 국가 지도자나 정부의 잘못된 판단으로 국민을 불안하게 하거나 국론이 분열되는 양상을 보여서는 더욱 안 된다.

우리는 여전히 주변 4강 속에 살고 있다. 이런 구도는 우리가 말로만 자주를 외친다고 바뀔 수 있는 것이 아니다. 자주는 의식만으로는 안 된다. 이를 뒷받침할 수 있는 안보적 안전장치가 조성되었을 때 가능하다

는 것을 우리는 지난 역사 속에서 수없이 배워왔다. 현 시점에서 한미동
맹을 약화시키며 한미연합사를 해체시키겠다는 자주의 허구는 참으로
위험한 발상이며 진정한 자주국방의 길도 아니다. 세계최강 미국조차
단독으로 방위를 하지 않고 서구 각국, 일본 등과 동맹을 맺고 있으며
NATO가맹 26개국도 효율적인 측면에서 미군사령관에게 작통권을 맡
기고 있다. 이는 주권이나 자주의 문제가 아니고 국가적 자존심의 문제
도 아니다.

미국은 한국전쟁 때 우리나라를 지키기 위해 피를 흘렸고 이후 50여
년간은 한미동맹과 한미연합사체제로 북한의 대남적화통일 야욕을 무
력화시키고 이 땅의 자유민주주의와 시장경제체제를 굳히고 국가를 부
흥케 하는 데 크게 기여해왔다. 아직은 한미동맹관계를 더욱 견고하게
다지며 한미연합사 공조체제를 더욱 강화시켜야 할 때라고 생각한다.

이 나라 안보에 대한 안전장치가 충분하게 마련되지 않고, 북한이 국
제사회의 강력한 경고를 무시하며 핵실험과 미사일을 발사함으로써 중
국과 러시아까지 합세한 UN안보리가 군사적 위협으로 규탄하고 있는
현실 속에서, 심지어는 김정일이 평양주재 외교관들 앞에서 또다시 지하
핵실험을 언급하여 한반도 위기가 고조되고 있는 상황이다.

이러한 시점에 정부가 전시작전통제권 단독행사를 추진한다는 것은
우리조국 대한민국의 돌이킬 수 없는 안보 공백은 물론 국민의 생명과
재산을 보호할 수 없는 심각한 국가적 위기마저 초래될 것을 우려하며
우리 15만 ROTCian 역사와 민족 앞에 다음과 같이 결의한다.

1. 우리는 국군통수권자의 북한미사일 발사는 무력적 위협이 아니라는 발언에 경악을 금치 못하며 국민 앞에 사죄할 것을 강력히 촉구한다.

1. 우리는 한미연합사 공조체제와 한미동맹 강화가 이 나라안보를 지키는 첩경임을 천명한다.

1 우리는 정부의 전시법 폐지 움직임을 주시하고 있으며, 이 또한 국민이 깜짝 놀랄 일이므로 엄중히 경고한다.

1 우리 15만 ROTCian은 전시작전통제권 단독행사추진을 결사반대하며 조국을 위해 몸과 마음을 바칠 것을 엄숙히 선언한다.

2006년 9월 26일

대한민국 ROTC중앙회

2000-09-08   국민일보: https://news.kmib.co.kr/article/viewDetail.asp
?newsClusterNo=01100201.20000908000000701

참으로 답답하다

참으로 답답하다. 이 나라가 어쩌다가 이렇게 윤리도덕이 땅에 떨어지고 부정부패는 여전하며 국회가 공전되고 정치는 실종되어 국론이 분열되고 법질서는 파괴되고 있는가? 실권주 수익과 표절시비 등 시민단체의 파상적인 공세를 받던 교육부장관이 잘하라는 채찍질로 알겠다며 버티다가 끝내는 취임 24일 만에 물러났다. 예금액 500억원밖에 안 되는 은행지점에서 위조된 신용장만으로 6개월 간 466억원을 대출받는 도무지 이해할 수 없는 일이 벌어졌다. 법정 신고비용을 절반만 신고하라고 교육하며 당이 대책 마련을 잘함으로써 "열 손가락이 넘는 기소 대상자들이 기소가 안됐다"고 실토한 여당 고위당직자가 있었다.

의약분업 사태는 드디어 전국 의대 교수들마저 진료를 거부하며 장외투쟁에 나서고 의대생들은 2학기 개학과 함께 자퇴서를 쓰는 사태가 전개되면서 우리의 의료사회는 붕괴 직전이다. 정부와의 대화는커녕 마치 마주보고 달리는 두 열차와 같다. 정부가 저지른 일이니 정부가 풀어야 하는데 정부는 그런 해결책이나 조정능력이 없는 것 같다. 병원파업에 동참한 전공의들을 전부 입영조치하겠다는 정부의 으름장은 결코 해결책이 아니다.

군을 마치 삼청교육대 수준으로 보는 것 같아 참으로 답답하다.

검찰이 작성한 4·13 총선 선거사범수사자료가 유출된 것을 가지고 유출경위 조사에만 정신이 팔려 언론사에 문건 제공자를 밝혀 달라니 언론자유의 침해 시비마저 불거질까봐 걱정이다.

북한의 끈질긴 요구의 결실로 63명의 비전향 장기수가 북송되었다. 그들 가운데 49명은 우리 체제를 파괴하려 남파된 간첩이었고 14명은 빨치산 출신이었으며 빨치산 중 한 명은 우리의 파출소들을 여러 번 습격하여 69명의 경찰을 살해한 살인범이기도 하다. 그런데도 그들은 인도주의와 정치적 결단으로 또 햇볕정책의 수혜자로서 북으로 보내졌다.

북한은 그들의 송환을 대대적으로 환영했다. 신념과 의지의 화신, 백절불굴의 투사, 통일애국투사, 통일영웅으로 표현하고 북한 인민들을 사상적으로 결속하면서 성대한 환영행사를 가졌다. 반면, 348명의 국군포로와 454명의 납북자는 여전히 북한 당국에 억류된 채 특별한 송환대책이 없는 듯하다.

이 나라에 만일 전쟁이 일어나면 누가 애써 나라를 지키려고 하겠는가? 총칼 집어던지고 나 살겠다고 도망치는 자는 없을까? 생각만 해도 가슴이 답답하다. 국기를 뒤흔들고 반인류 범죄를 저질러도 반성은커녕 신념과 의지만 굽히지 않으면 영웅이 될 수 있다는 것을 우리는 후손들에게 어떻게 설명해야 할지 참으로 답답하다. 우리 사회는 건설적인 대북 비판이나 과거사의 앙금에 대한 문제를 제기하는 것조차 반통일적 냉전적 행태로 지탄받는 형국이 되었다.

최고지도자의 말 한마디로 일시에 달라질 수 있는 사회가 북한사회다. 사실 북한 체제의 속셈은 언제 돌변할지 모른다. 표면적으로는 변하는 것 같지만 정작 정책이나 제도가 본질적으로 바뀌고 있는 것인지에 대해서는 우리에게 많은 생각을 갖게끔 한다.

휴전 이후 북한은 일관된 대남통일 전략 아래 심리전을 펴며 간첩의 남파, 무장공비의 침투 등 각종 물리적인 전술을 지속적으로 구사해 왔다. 안보관이 흐트러진 이 땅엔 지금도 마음놓고 활개치며 활동하는 스파이들이 있지 않을까 하는 생각은 필자만의 기우일까? 우리는 아직도 휴전 중이고 남북이 대치된 냉엄한 현실인데도 통일이라는 이상 속에서 어느새 우리 사회의 안보 의식은 무뎌져 버렸다. 북한을 녹이고자 했던 햇볕정책에 의해 남한이 먼저 녹아나는 일이 있어서는 안 된다.

김정일 국방위원장의 "통일은 내 마음먹기에 달려 있다"는 호언과 북한 조평통의 엄포 한마디에 연례적인 한·미 을지연습마저 북한의 눈치를 보며 숨죽인 듯 시작하여 숨죽인 듯 끝내버렸으니 작금의 남북관계는 북측의 논리와 주장에 끌려다니는 것 같아 참으로 답답하다. 남북 관계개선 추진도 국가의 중심과 줏대가 흔들리지 않는 가운데 진행되어야 한다. 이런 때일수록 국가관을 정립하고 국가 이념을 지켜야 한다. 그러나 그 어떤 정책이나 개혁도 국민의 협조 없이는 절대로 성공할 수 없다.

정부는 업적이나 모양새보다는 내실 있는 국정목표를 설정하고 자발적인 국민의 협조를 이끌어내기 위한 노력을 먼저 행해야 한다. 국정은 우리 내부의 공감대 형성과 국민적 협조 그리고 화합의 틀 속에서 운영되어야 한다. 토론과 설득 그리고 대화와 타협의 정치로 이 난국을 타개하고 답답한 국민의 가슴에 밝은 희망을 심어주기 바란다.

2000-10-13   국민일보: https://news.kmib.co.kr/article/viewDetail.asp?n
ewsClusterNo=01100201.20001013000000701

관료들이 변해야 한다

감사원이 지난 9월17일 발표한 특감대상 141개 공기업의 경영구조 개선실태를 보면, 93.6%에 해당하는 132개 공기업에서 방만한 경영과 극치에 달하는 도덕적 해이로 788건의 위법·부당행위가 있었음이 드러났다. 매년 수백억원의 적자를 내면서도 구조개혁을 외면하거나 인건비 삭감을 감독당국에 허위보고하고 이를 전용해온 사례와 함께 일하지 않아도 월급을 주고 업무가 없는데도 감투는 늘린 곳도 있었다. 낙하산 인사에 항의하면 무마조로 격려금이 지급되었고 심지어 감독업무를 맡고 있는 금융감독원, 한국은행, 예금보험공사마저 이미 폐기된 누진제를 여전히 고수하는 등 개혁의 모범이 되고 솔선수범해야 될 공기업들이 참으로 어처구니없는 일들을 저질러 왔다. 정부의 신뢰에 손상을 주는 것 중의 하나는 낙하산 인사이다. 선거 낙선 및 공천 탈락자들을 자질이나 전문성을 무시한 채 공기업들의 책임자로 앉혀놓은 사례가 많았다. 민간기업에는 전문 경영인을 강조하면서 공기업에는 비전문 경영인을 투입해 왔으니 나는 '바담 풍(風)'하면서 너는 '바람 풍'을 강요한들 그 개혁이 제대로 될 리가 없다. 공공부문과 금융계가 이러할진대 하물며 민간기업

185

들이 제 살 깎는 구조조정에 앞장설 리 없다.

형편이 이러한데도 정부는 IMF는 끝났다며 앞장서서 허리띠를 풀었고 경제회복에 대한 과신과 낙관에 빠져 구조조정을 게을리했다. 공적자금 64조원만 있으면 더 이상의 추가조성은 필요없다고 큰소리치던 정부가 100조원이 넘는 공적자금을 쏟아 붓고도 공기업이나 금융 어느 하나 제대로 구조조정을 이루지 못한 상태에서 주가 폭락, 원유가 폭등, 대우자동차·한보철강 매각 무산이라는 대형 악재들이 터져나와 내외시장의 불안과 위기의식이 급속히 확산되는 국면을 맞게 되었다.

더욱이 우리는 대우차와 한보철강 매각 등 몇 차례의 굵직한 국제협상에서 번번이 실패하는 수모를 당했다. 다국적기업의 경우 협상을 시작하기 전부터 수십명의 전문변호사를 동원해 이해타산을 저울질하면서 협상이 깨지는 상황까지 철저히 준비하는데 비해 우리의 경우는 너무나 허술하고 준비가 없었음을 만천하에 드러냈다.

대우차의 경우 다른 입찰경쟁자들의 참여를 배제시키며 단 10여 분만에 '포드'를 우선인수 협상대상자로 선정한 것까지는 이해를 하나 국제입찰시 통상적 관례인 이행보증금을 받지 않는 실수를 범했다. 한보철강의 경우도 주채권은행이 국내 경쟁사를 제외한 채 네이버스 컨소시엄을 매각대상으로 선정, 본계약을 체결하면서 계약파기시 책임을 물을 수 있는 장치는 물론 계약금마저 받지 않은 누를 범하였다. 참으로 한심한 일이 아닐 수 없다.

정부는 매각실패의 책임론에서 자유로울 수 없다. 해외 매각이 잘 진행되고 있다고 홍보하던 정부의 관료들에게 묻고 싶다. 결국 국민들의 부담만 더 커지게 만든 이 엄청난 책임을 어떻게 질 것인가? 정부 관료들이 협상진행과정을 몰랐을 리 없고 몰랐다면 직무유기가 되니 그 책임은 더욱 크다. 관료들이 변해야 되는 소이가 바로 여기에 있다. 관료들의 실패한 정책은 무죄이고 협상에 실패한 민간인들만 유죄가 되는 일이 있어서는 안되지 않겠는가.

　정부는 지난 9월 25~26일 서울에서 열린 경제회담에서 북한에 1000억원에 달하는 식량 50만t을 차관으로 지원하기로 합의해 놓고도 무슨 이유에선지 이틀이나 숨기다가 일부 보도로 알려지자 남북교류협력추진협의회에서 진지한 논의나 토론도 없이 서면으로 결의하여 발표한 바 있다. 정부는 작년도 대북지원시 비료를 보내면서 향후의 대북지원은 긴급구호보다 농업구조 개선에 초점을 맞출 것이라고 밝혔었다. 식량지원보다 비료, 농자재 등을 지원하는 방향으로 가겠다는 방침이었다. 그런데 1년만에 다시 식량을 지원하겠다는 것이다. 헷갈리는 정부의 정책에 국민은 어지러움을 느끼게 된다. 말만 앞서고 실천에 옮기지 못하며 정책만 자꾸 바뀌니 관료들을 바라보는 국민의 시선은 고울 수가 없다.

　통일부 여론조사에 의하면 1000명 가운데 59%가 현재의 남북협력 추진을 과속이라고 답했다고 한다. 북측의 지도층은 남측으로부터 그들 뜻대로 다 얻어내면서 내부적으로는 하나도 변하는 게 없다. 남쪽만 지나치게 들뜬 나머지 자꾸만 끌려가고 있다는 느낌은 필자만의 기우일까. 사실 우리는 1991년 체결한 남북기본합의서에서 확실한 교훈을 얻은 바 있다. 상호불가침을 명시한 기본합의서를 체결할 당시 엄청난 기대를 모았으나 아무런 효력을 발휘하지 못하였다. 그래서 신뢰의 문제가 남북의 문제에 전제조건으로 제기되는 것이다. 결국 남북문제는 무엇보다도 신뢰구축의 틀이 형성돼야 하고 평화공존의 분위기가 먼저 조성되어야 한다. 따라서 우리가 일방적으로 지원하는 것보다 상호주의 원칙이 적용되어야 한다. 관료들의 생각에 변화 있기를 바란다.

2000-11-17   국민일보: https://news.kmib.co.kr/article/viewDetail.asp?n
ewsClusterNo=01100201.20001117000000701

어디로 가는 배냐

나라 흔들리는 소리가 여기저기서 들린다. 또다시 경제위기의 공포에 휩쓸리고 있으며 만나는 사람마다 IMF 때보다 더 어려워질 것 같다는 얘기들이다. 남이야 어찌 되든 나만 살려고 하고 남에 대한 배려나 공동체 의식은 잊혀져가는 세상이 되어버렸다. 나라 경제가 이토록 어려워도 싸움질만 하는 정치인, 기업은 망하는데 자기 잇속만 챙기는 기업인, 부정부패와 결탁하는 일부 공직자들에게서 우리는 실망을 넘어 분노를 느낀다. 도덕성이 사라진 이 사회는 규제와 통제력마저 상실한 것 같다. 사람들은 정도보다는 편법과 꾀로 살기를 원하며, 법질서는 무너지고 있다. 국제투명성기구에 의하면 우리나라의 부패지수는 조사대상 90개국 가운데 48위를 차지한다. 동방금고 불법대출 사건과 관련, 검찰의 추적을 받던 금감원의 한 간부는 자살을 하고 구속자들 속엔 청와대 청소원까지 끼어들었고 감독관청인 금감원은 거꾸로 개혁 대상이 되었다.

기업인들이 장사 마인드를 잃고 있고 실업자들이 날로 늘어만 가고 있으며 국론은 분열되고 있다. 사람들이 모이면 "이것이 어디로 가는 배냐"며 서로 묻곤 한다. 요즘은 차라리 이민가고 싶다는 사람들까지 나타나는 상황이다. 도대체 어쩌다가 나라가 이 꼴이 되었는가. 사람마다 진단과 처방이 다르겠지만 필자는 국민들의 도덕적 해이와 법의식 상실, 그리고 정부의 정책실패에서 원인을 찾을 수 있다고 본다. 민주주의와 시장경제의 병행을 다짐했던 정부, 그것을 위한 과감한 개혁을 약속했던 정부, 그러나 정부는 준비 부족과 일관성 없는 정책들로 국민을 실망시키고 불신이 쌓인 가슴을 멍들게 하고 있다.

정부는 11·3 조치를 통해 경영에 실패한 52개 민간기업들을 시장에서 퇴출시키겠다고 밝혔다. 그러나 이 발표는 무수한 문제점을 남겼다. 무엇보다 정부·채권단이 숫자 늘리기식 편법을 동원한 느낌이다. 진작 청산된 것이나 다름없는 기업, 매각이 진행중인 기업, 법정관리중인 기업들을 포함시킨 것은 한편의 코미디다.

현대건설·동아건설·쌍용양회·진도·고합 등 이른바 '빅 5'라는 대기업 중에서 동아건설은 퇴출되고 나머지는 대상에 포함되지 않았거나 신규대출 중지의 조건부 회생이라는 애매한 결정이 내려졌다. 채권단과 정부는 현대건설이 자구노력을 충실히 한다면 금융지원을 계속하겠다며 네 차례나 현대의 자구 방안을 받아들이며 차별 대우를 해주었지만 결국 부도위기에 몰리고 있다. 53년의 역사 속에 세계 12위 건설업체인 현대건설은 세상이 변한 줄 모르고 형제간 경영권 다툼이나 하는 사이, 힘에 부친 대북사업에 무리수를 두는 사이에 시장의 신뢰를 잃었고 내일을 기약할 수 없는 처참한 꼴로 침몰해가고 있다.

재정경제부 통계에 따르면 13개 정부투자기관과 20개 정부출자기관의 부채 총액은 지난 6월말 현재 399조원에 달한다. 우리나라 국가채무 113조원의 3.5배에 달하는 엄청난 규모다. 그럼에도 불구하고 공기업들은 구조조정 대상에서 제외되어 왔다. 기업들은 왜 정부와 공기업 개혁은 거의 진행하지 못하면서 민간부문에만 칼을 들이대냐고 볼멘 소리를 한다. 행정부나 공기업들이 자기들 자리는 그대로 보존한 채 민간기업에 대해서만 구조조정을 하라고 한다면 기업들은 무슨 감동 속에서 자기 살을 도려내려고 하겠는가.

우리 경제가 어려운 상황임엔 틀림없다. 이 위기를 벗어나기 위해서는 청와대를 비롯한 행정부와 공기업들이 솔선수범하여 획기적인 구조조정을 먼저 단행하고 민간기업들이 따라오도록 유도해야 한다. '영국 경쟁력의 회복'이라는 슬로건을 내걸었던 대처 총리는 시장 기능을 되살리기 위해 정부 조직부터 대폭 개편하고 국영기업을 과감히 정리하여 개혁을 성공적으로 이끌었다. 중국 정부도 장쩌민 국가주석과 주룽지 총리의 강력한 의지로 부패한 고위 공직자와 군 장성들을 총살형으로 다스리며 개혁정책을 성사시키고 있다.

아무리 '실패는 성공의 어머니'라고 해도 국정운영에는 연습이 있을 수 없다. 더 이상 불신을 안겨주는 실정이 있어서는 안된다. 정부와 여당은 오늘의 위기의식을 직시하고 군림하는 자세가 아니라 겸허하고 반성하는 낮은 자세로, 국민에게 봉사하고 헌신하는 자세로, 또한 책임지는 자세로 국정을 이끌어가야 한다. 우리에게 총체적 위기가 닥쳐올 수도 있다. 이 어려움을 극복하기 위한 특단의 대책이 있기를 바란다. 국민들 또한 마음을 가다듬고 적극적으로 협조해야 한다. 회사의 운명이 풍전등화 상황에서 공생의 해법을 찾는 노력이 아니라 공멸의 길을 택하고 말았던 대우자동차 노사에서 우리는 너무도 큰 교훈을 얻지 않았는가. 무엇보다 흐트러진 사회기강을 바로잡는데 마음을 모아야 하고 환란 극복을 위해 온 국민이 금붙이를 모으던 심정으로 돌아가 이 난국을 타개해 나가야 한다.

2000-12-22   국민일보: https://news.kmib.co.kr/article/viewDetail.asp?n
ewsClusterNo=01100201.20001222000000701

민심이 흉흉하다

국민들은 지금 경제위기에 따른 두려움과 불안의 한기에 떨고 있다. 경제는 날로 악화되고 경제사회의 기본인 법질서와 신용질서가 붕괴되는 상황이다. 민심이반은 가속화되어 가고 정부 불신의 골은 자꾸 깊어만 간다. 우리 사회는 합리적인 권위마저 파괴되었고 가치판단의 기준은 붕괴되다시피 했다. 능력과 실력이 제대로 평가받지 못하고 도리어 무능과 저질이 활개친다. 능력 있는 자가 옳게 평가되기보다 지연·학연 등 연줄 있고 돈과 사회적 영향력을 가진 자가 힘쓰고 높은 자리에 앉아 있다. 정부 관계자들은 기회 있을 때마다 특정지역 인사편중은 없으며 어떤 경우에도 인사를 공정히 한다고 밝혔지만 이를 수긍하는 국민은 그리 많은 것 같지가 않다. 지역균형은 이루고 있는지 모르지만 특정지역의 요직 독점은 심화되었다고 들린다. 학력을 허위기재할 정도의 인물을 경찰사상 유례 없는 초고속 승진으로 경찰의 2인자인 서울경찰청장에 임명했다가, 경찰사상 또한 유례 없는 최단명으로 취임 이틀 만에 물러나게 한 정실인사를 보면서 참으로 한심한 생각이 든다. 국민들은 공기업에 대한 낙하산 인사에 그치지 않고 주요 국가부문의 핵심 요직까지 그런 식으로 채워 온 게 아닌가 하고 의구심을 갖게 된다.

대통령이 민의의 소재를 정확히 파악하지 못하고 있고 언로가 경색되어 대통령에게 직언하는 사람은 거의 없는 것으로 전해졌다. 그 실례로 옷로비 파동 때 대통령은 외국 순방을 마치고 돌아와서 "언론이 마녀사냥하듯 해선 안된다"고 민심의 소재와 동떨어진 언급을 했다가 뒤늦게 법무장관을 경질한 바 있다. 그 때도 많은 사람은 잘못된 정보가 대통령의 판단을 흐리게 했다고 여겼다. 여론조사에 의하면 이제 다시는 금모으기 같은 운동에 참여하지 않겠다는 국민이 63%가 된다고 한다.

무기력한 공권력도 문제다. 불법시위가 만연되고 시위대가 휘두르는 각목에 전경들이 맞기만 하고 부상한 여경과 전경들이 경찰병원에 실려 가는 모습에서 이 나라에 공권력은 과연 있는가고 묻지 않을 수 없다. 불법폭력 앞에 최루탄 한 발 쏘지 않고 시위가 끝나는 게 경찰의 업적이 아니다. 공권력은 불법 앞에선 어떠한 경우에라도 국민의 생명과 재산을 보호하고 치안질서를 책임져야 한다. 이 나라에 법질서가 무너진 1차적 책임은 준법질서 확립을 소홀히 다룬 공권력 몫이다. 엄정한 법집행, 질서확립은 공권력의 기본임무다. 경찰이 이를 포기한다면 바로 치안공황상태가 오게 된다.

참으로 이 정부는 많은 것을 자괴하고 반성하지 않으면 안된다. 국민은 참으로 답답함을 느낀다. 오죽하면 대통령이 이 나라 민주주의와 인권신장, 그리고 한반도 평화를 위해 40여년간 생사의 갈림길을 헤치며 싸워온 점이 높이 평가되어 기라성 같은 경쟁자들을 물리치고 한국인 최초의 노벨평화상을 받아 세계만방에 국위를 떨치고 국민적 자긍심을 갖게 한 그 순간에 국민들은 박수갈채를 보내면서도 한편으로는 국면 타개를 위한 대통령의 '오슬로 구상'이 무엇인가에 관심이 쏠렸을까. 걱정은 가시지 않는다.

정부는 기회 있을 때마다 공적자금이 투입되는 6개 은행의 감자는 절대로 없다고 공언해오다 갑자기 대국민 사과 한마디 없이 완전 감자명령을 내렸다. 이들 은행의 주식은 사실상 휴지조각이 되었고 소액주주들은 희생을 감수할 수밖에 없게 되었다. 이런 일이 비일비재하기 때문에 이 정부를 가리켜 말을 잘 바꾸고 거짓말을 잘 하고 신뢰감이 없다고 한다. 관심 많았던 국정쇄신이 뚜껑도 열고 보니 구 여권 출신에다 총선에서 낙선하고 당내 기반도 별로 없는 청와대비서실장 출신 원외 인물을 집권당 대표에 앉혔다. 당내 갈등은 없을까. 시스템에 의한 민주적 당운영은 이루어질까. 심히 걱정된다.

이 난국을 헤쳐나가기 위한 방안으로 다음 몇 가지를 제안한다. 첫째, 대통령은 인재를 널리 구하되 대통령 자신의 사람을 찾을 것이 아니라 국가의 사람을 찾아야 한다. 기용한 인재에게는 시스템 중심으로 권한을 주어 책임정치와 책임행정이 이루어지도록 하는 게 긴요하다. 대통령과 주변인물 그리고 비선에 의한 국정운영이 아니라 조직이 이끄는 국정이 되도록 하지않으면 안된다. 둘째, 실종된 정치를 회복시켜야 한다. 정치는 대화와 타협이다. 집권당을 활성화하고 야당을 건전한 파트너로 인정함과 동시에 양보와 협상의 정신으로 상생·공조의 길을 모색할 일이다. 셋째, 흔들리는 민심을 잡기 위해서는 투명성을 제고해야 한다. 옷로비 사건을 비롯하여 최근 각종 금융스캔들에 이르기까지 어느것 하나 화끈하게 국민의 가슴에 와닿게 해결된 것이 없다. 넷째, 법과 원칙에 따라 국정운영이 이루어져야 한다. 아무리 어려움이 있다해도 구조조정의 원칙준수, 국가 기강확립, 그리고 엄정한 법 집행은 결코 소홀히 할 수 없는 과제다. 마지막으로 대통령은 국민들에게 새로운 비전을 제시하고 국난극복을 위한 국민들의 단결과 협조를 호소하며 정권 재창출이란 정파의 이익보다 노벨상 수상자로서 민족과 국가를 위한 큰 정치를 펴야 한다.

한국 정치사 최초로 선거에 의해 평화적 정권교체를 이룬 대통령으로서 국민들에게 희망을 심어준 대통령, 남북통일의 초석을 놓은 대통령, IMF 경제위기를 최단시일에 극복한 대통령으로 영광스럽게 남는 대통령, 그야말로 국민들로부터 존경받는 위대한 역사의 지도자로 남길 바란다.

2001-01-26　국민일보: https://news.kmib.co.kr/article/viewDetail.asp?n
ewsClusterNo=01100201.20010126000000701

한심스런 정치판

　세계의 이목을 집중시켰던 미국 제43대 대통령선거 결과가 조지 W
부시로 당선 확정되자 앨 고어는 "미국 민주주의의 힘은 극복 가능한 난
관들을 통해 아주 명확하게 보여지는 것"이라는 성명을 발표하며 패배
를 선언했다. 둘은 만나 후유증 치유방법과 화합을 논의하였다. 고어는
"결과가 아무리 쓰더라도 삼켜야 한다"는 교훈을 보여주었고 부시는 매
우 중요한 자리인 CIA 국장과 FBI 국장을 클린턴이 임명한 현직들로 유
임시키는 포용력을 보여주었다. 김대중 대통령과 이회창 총재는 새해벽
두 함께 힘을 모아 오늘의 위기에 대처하자고 만났으나 이견만 노출한
채 볼성 사나운 모습으로 헤어졌다. 청와대와 민주당은 대통령이 이 총
재에게 모욕을 당했다며 집중성토를 했고 이 총재는 기대를 갖고 갔는
데 실망만 하고 돌아왔다며 더 이상 만날 필요조차 느끼지 않는다고 볼
멘소리를 쏘아댔다.
　국민의 의식이나 민심에는 아랑곳없이 의원임대란 희대의 촌극이 벌
어지면서 지도자들의 싸움은 본격화되었다. 지역구 출신이면서도 그들
을 당선시켜준 유권자들과는 상의 한마디 없이 4명의 국회의원들이 두

차례에 걸쳐 민주당을 탈당하고 자민련으로 갔다. 여소야대는 민의요 국민이 내린 심판인데 이를 무시한 것은 야당 죽이기 작전이며 장기집권의 음모라면서 한나라당은 DJP 공조를 거칠게 비난했다.

국민의 입장에서도 자기 당을 탈당하고 다른 당에 입당하는 의원들에게 당 대표까지 나서서 박수를 보내는 민주당의 모습에 그저 어리둥절할 따름이었다. 더욱이 JP는 4·13 총선 전 민주당은 신의가 없고 말과 행동이 다르기 때문에 이들과는 국정을 함께 할 수 없다고 대통령까지 비난하며 결별한 일이 있었기 때문이다.

당의 자존심을 팔 수 없고 정당정치의 기본과 원칙을 지켜야 하기 때문에 교섭단체 구성에 서명할 수 없다며 제명을 당하면서까지 소신을 보였던 강창희 의원에게 국민들은 박수를 보냈다. 국민들의 눈엔 모처럼 돋보인 신선한 충격으로 비쳐졌다.

안기부 예산의 구여권 선거자금 유입사건을 둘러싼 여야 지도자들의 싸움은 쳐다보기에도 민망하다. 3김과 이회창 총재까지 뒤섞인 혼전양상으로 국민들을 실망시키고 있다. 민주당은 이 총재에게 칼끝을 겨누었고 이 총재는 장외투쟁을 하면서 특검제로 DJ의 야당시절 비자금 문제까지 함께 파헤쳐보자며 으름장을 놓고 있다. 여기에 김영삼 전대통령은 김대중 대통령을 원색적으로 비난하고 나섰다. 모두 이성을 잃고 "갈 데까지 가보자" "목적을 위해서는 무슨 짓이라도 해보자"는 막가파식 정치판이 전개되고 있다.

정치자금에 관한한 누구도 떳떳하지 못할텐데 이 나라의 지도자들이 국민들 앞에서 감정적으로 격앙되어 사생결단하듯 하니 참으로 안타깝고 한심스럽다. 아이들도 아무리 속이 상하고 감정이 북받쳐도 어른들 앞에선 싸움을 억제하는 법인데 표를 먹고사는 정치인들이 유권자들 앞에서 서슴없이 싸움질하는 것은 국민을 무시하는 행위가 아닐 수 없다. 국민들은 이 어려운 경제위기 속에서 민생문제를 제쳐놓고 허구한날 싸움만 하고 있는 지도자들의 모습을 바라보며 이제는 지칠 대로 지쳤다.

이토록 국민들을 짜증나게 하고 불안하게 하고 울화가 치밀게 할 수 있단 말인가. 실망이 아니라 분노감마저 느끼게 된다. 3김이 언제까지 이 나라를 좌지우지할 것인가. 자기들 없으면 이 나라가 망할 것 같은 착각에 빠져있는지 모르지만 천만의 말씀이다. 국민들의 시선에서 이미 멀어져가고 있음을 알아야 한다. 국민들로부터 사랑 받던 프로레슬링이 국민을 실망시키며 하루아침에 인기가 추락한 후 인기회복이 불가능하듯 국민들은 이제 더 이상 그들을 믿지도 기대하지도 않는다.

온갖 악조건 속에서도 묵묵히 땀 흘리는 국민들의 가슴은 정말로 무겁기만 하다. 차라리 국민들 각자가 알아서 살길을 찾아야 할 것 같다. 어떻게 세운 나라이고 어떻게 지켜온 나라이며 어떻게 일궈낸 강토인가. 지도자의 존재는 국민의 기대와 신뢰를 전제로 한다. 이 나라의 지도자들이여! 정치인들이여! 국민이 믿고 따르며 희망과 용기를 가질 수 있게끔 신뢰의 사회를 구축하기 위하여 노력해 줄 수는 없는가. 사심과 당리당략을 버리고 나라 장래를 먼저 생각해 줄 수는 없는가. 누가 정권을 잡고 못 잡고가 아니라 당장의 경제적 위기를 극복하는 일에 혼신의 힘을 쏟아 줄 수는 없는가.

눈부신 민간외교

경희대학교 설립자 조영식 박사님께서 생존 시에 외국의 저명인사들과의 폭넓은 교류와 눈부신 민간외교 활동은 국내외적으로 널리 알려진 일이다.

나는 경희대학교 교수로서 조 박사님께서 경희대학교 총장과 세계대학총장회의 의장으로 재직하고 계셨을 때 일본 여행 시에 수차 수행한 일이 있다. 수행 중에 있었던 몇 가지 이야기들을 소개하고자 한다.

조 박사님의 저서 '오토피아'가 일어판으로 일본 동경에서 출간하여 그 출판기념회가 1982년 5월 동경 힐튼호텔에서 400여 명의 일본 각계 인사들이 참석한 가운데 대성황리에 개최되었던 일이 있다. 출판기념회를 준비한 발기인만도 기시 노부스케(岸信介)전 수상, 후쿠다 다케오(福田赳夫) 전 수상, 가이후 도시키(海部俊樹) 전 수상, 고사카 도쿠사부로(小坂德三郎) 전 외무대신, 가야 세이지(茅誠司) 전 동경대 총장, 이시카와 다다오(石川忠雄) 게이오대학 총장, 후쿠다(福田) 쓰쿠바대학 총장, 친한파인 오쿠하라 다다히로(奧原唯弘) 변호사 등 20여 명의 일본 거물급 인사들이 자리를 같이 했다. 특히 가이후 전 수상은 다음과 같이 축사의 서두를 엮어 갔다.

본인은 원래 친한파도 아니요, 지한파도 아니었습니다. 거기에 한국은 단 한 번도 방문해 본 일조차 없었던 사람입니다. 그러다가 1981년, 제가 존경하옵는 조영식 총장님의 초청을 받고 3박 4일간 경희대학교를 방문했던 일이 있습니다. 그 후부터 저는 조영식 총장님을 존경하게 되었고 열렬한 한국팬이 되었습니다. 한국 인사 중 나에게 가장 가까운 분, 교육자 중의 교육자, 철학자 중의 철학자, 그리고 인류사회의 번영과 세계평화를 위하여 국제무대에서 눈부신 평화운동을 전개해 오신 존경하는 대한민국의 조영식 박사님의 역저 '오토피아'가 일본에서 출판되어 오늘 그 출판기념회를 개최한다기에 저는 이 자리에 참석하기 위해 출장 중이었던 북해도에서 지금 막 비행기로 도착하였습니다…….

그의 달변의 축사를 들으며 나는 민간외교의 중요성과 조 총장님의 활약상을 얼마나 감명 깊게 느꼈는지 모른다.

조 총장님과 가이후 전 수상 또 후쿠다 전 수상과의 남다른 친분관계는 우리 정부가 부러워하면서도 경희대학을 무척 당황케 했던 일까지 있다.

가이후 수상은 스스로 밝혔듯이 정치경력으로 보아 예상 외로 약 10년 빠르게 수상이 되신 분이다. 그런데 그가 수상 취임한 지 약 2개월이 지난 1989년 9월 하순 경 일본 동경에서 IAUP(세계대학총장회) 이사회가 개최하게 되어 나는 총장님을 수행하여 이 행사에 참가하게 되었다.

그런데 출국 이틀 전에 총장님께서는 나를 부르시더니 이번에 LAUP 이사회 참가차 방일하면 가이후 총리를 만나볼까 하니 접견이 가능한지의 여부를 알아보라는 말씀이셨다.

나는 그 말씀을 듣는 순간 도저히 불가능할 것이라고 판단했다. 그것은 일본의 수상은 미국 대통령 다음의 세계적인 지도자요, 몇 주 전부터 짜여진 스케줄에 의해 움직이는 신분이요, 또한 예상을 뒤엎고 10년 정도 빨리 총리로 취임한 직후였기 때문에 내 상식으로는 면담이 이루어진다는 것은 도저히 불가능한 것으로 생각되었던 것이다. 그런데 이게 웬일인가. 출국 바로 전날인 9월 24일 오후 늦게 연락이 왔는데 9월 29일 오후 3시에 면담 일정이 잡혀졌으니 총리관저로 방문해 달라는 연락이었다. 일본에 도착하신 후 총장님께서는 주일 한국대사와의 전화통화 중에 가이후 총리와 만나게 될 것이란 말씀을 가볍게 꺼내신 일이 있다. 이 말씀으로 대사관과 우리 정부를 당황케 한 계기가 되었다. 왜냐하면 주일 한국대사는 물론, 정부 특사를 파견하고자 해도 총리의 바쁜 일정 때문에 면담이 불가능하다는 일본 정부의 태도였는데 조 총장께서 가이후 총리를 만난다고 했기 때문이다.

당황한 대사관 측은 조 총장께서 어떻게 일본 수상을 만날 수 있으며 또 무슨 일로 만나게 되느냐며 수행한 나에게 빗발치듯 문의를 해 왔다.

이 글에서 처음 밝히지만 나는 순간적으로 과거 우리 대학에서 추진되었던 후쿠다 전 일본수상의 초청계획이 우리 정부의 개입과 방해로 무산되었던 일이 떠올랐다.

조 총장님과 친분이 두터웠던 후쿠다 전 수상은 1984년 5월경에 우리 대학을 방문하여 명예정치학 박사학위를 수여받기로 그의 집무실에서 조 총장님과 약속한 바 있었다. 이에 경희대학에서는 문교부의 명예박사학위 승인 절차를 거쳐, 초청장을 전달하였으며 방한 일정을 협의하는 단계에까지 이르렀다. 이때 주일 한국대사관의 모 간부가 후쿠다 수상의 사무실을 방문하여 한국 정부에서 초청하고 싶다, 명예박사학위도 국립서울대학교에서 수여하겠으니 경희대학 방문을 취소하고 한국 정부의 초청에 응해 달라는 것이었다.

　이러한 상식을 벗어난 한국 정부의 태도에 후쿠다 수상은 사적인 행동에 대한 한국 정부의 간섭이라며 기분이 몹시 언짢아 한국 정부의 초청은 물론, 한국 정부가 달갑게 받아들이지 않는 경희대학 초청에도 응하지 않겠다며 방한하지 않았었다. 나중에 알게 된 사실이지만 5공화국이 들어선 이후 전두환 정부는 친한파인 후쿠다 전 수상을 다소 멀리했었고 이 때문에 후쿠다 수상의 대한(對韓) 감정은 좋지 않았다고 한다. 그런 와중에 경희대학 방문을 계획했었는데 1984년 대통령의 외무부 초도순시 때 대통령께서 직접 어느 사립대학에서 후쿠다 전 수상을 초청한다는 이야기가 있는데 어떻게 된 것이냐고 한 마디 한 것이 문제의 발단이 되었고 정부가 일방적으로 초청 계획을 세웠으나 그것은 결국 후쿠다 수상의 심사만 더욱 불쾌하게 만들었을 뿐만 아니라 남의 집 잔치마저 훼방 놓은 결과가 되어 버린 것이다. 그러한 지난 일들이 내 머리를 스쳐갔고, 나는 대사관 간부들의 문의에 그저 만나게 될 것이란 말만 되풀이 했을 뿐이다. 그리고 조 총장님께서는 가이후 총리 접견 하루 전날 오후에 주일 대사와 만나기로 되어 있었기 때문에 사실 내가 굳이 설명할 필요도 없었다. 그런데 공교롭게도 그 약속에 차질이 생겼다. 그날은 IAUP 이사회가 끝나는 날이었는데 예상 외로 회의가 길어지는 바람에 약속 시간을 지킬 수가 없었다. 나는 회의 도중 총장님의 메모 지시를 받고 대사관에 그러한 사정을 알렸다. 대사관에서는 몹시 아쉬워하며 일본 총리 관저로 가실 때 대사관 차량을 제공하겠다는 의사표시를 하였다. 그러나 총장님께서는 뜻은 고마우나 사적인 일인데 공용차를 사용할 필요가 있느냐고 극구 사양하셨다.

나는 처음으로 총리관저 방문이었기 때문에 우리나라 청와대 방문 절차를 상상하며 다소 긴장감 속에 총장님을 수행하여 예정된 시간에 총리관저 정문에 도착하였다. 그런데 경희대학 총장이라고 하니까 신분증 확인도 없이 정문을 통과시켰다. 현관에서 대기하고 있던 의전비서관은 우리를 수상 집무실과 붙어 있는 제1접견실로 안내하였다. 총장님에 대한 배려였겠지만 우리는 신분증 확인은 물론, 몸 검색 등 일체의 소지품 검사 없이 총리 접견이 이루어졌다.

밝고 환한 모습으로 두 분이 반갑게 만날 때 나는 사전에 양해를 받고 순간순간을 놓치지 않고 카메라 플래시를 마음대로 터뜨릴 수 있었다. 정겨운 두 분의 대화는 시간 가는 줄 모르고 이어졌다. "나도 10년 후면 총리를 할 수 있겠지'하고 야심을 품고 있었지만 이렇게 빨리 기회가 올 줄은 몰랐습니다. 10년 빨리 되다 보니 이것저것 정신을 차릴 수가 없어요. 나를 만나겠다고 생떼를 쓰며 면담신청을 해놓고 있는 외국의 장관급 이상의 인사들이 200여 명이나 지금 일본에서 머무르고 있으나 만나 줄 짬이 안 난다고도 했다. 두 분 대화 중에 한·일간의 우호와 한반도 평화문제 그리고 국제무대에서의 한국지원에 적극적으로 협조를 하겠다고 다짐하던 모습이 지금도 눈에 선하다.

면담을 마치고 나오는 순간 10여 명의 관저 출입기자들이 총장님을 에워싸고 질문공세를 폈다. 총리와는 어떤 관계인데 예정에도 없던 특별접견이 이루어졌으며 또 무슨 이야기를 나누었느냐며 차에 오르는 순간까지 짓궂게도 매달렸다. 5천만의 한국인이 일본 사람과 친구가 된다면 그 이상의 외교는 없다.

지나치리만큼 검소한 총리관저를 뒤로 하며 나는 민간외교의 중요성을 다시 한 번 절감하였다.

조 총장님은 '내일 이 땅에 종말이 온다 해도 나는 오늘, 한 그루의 사과나무를 심으리라'는 종교적인 신앙과 집념과 노력과 봉사 속에서 평생을 살아오신 분이다.

5천 년의 긴 역사를 자랑하는 우리 민족이 초가에 들어앉아 하늘만을 원망하며 보릿고개를 넘기지 못하고, 불과 4천만 불의 수출과 겨우 78불의 국민소득으로 가난 속에서 헤맬 때 조 총장님은 수차의 세계시찰 끝에 '우리도 잘 살 수 있다'는 책자를 써서 우리 국민들에게 희망과 용기를 심어 주시고 그것이 경희학원에서 잘살기 운동으로 전개되었으며 박정희 대통령께서 우리도 잘 살 수 있다는 책자를 탐독하시고 새마

을운동을 일으켰다. 조 박사님은 「하면 된다」는 철학과 조국 근대화의 정신적인 선도적 역할을 하신 이 민족의 위대한 지도자이시다.

물질적인 성장과 풍요로움이 인간을 물질 만능주의와 이기주의 그리고 부도덕과 타락의 늪으로 빠져들게 하고, 과학기술 지상주의에서 인간의 소외, 정신적 고통에서 고독과 불안감을 느낄 때 조 총장님은 이 땅에 건전한 사회, 인정이 깃든 사회, 봉사하는 사회, 화목하고 협동하여 발전하는 사회를 이루자고 밝은사회운동의 횃불을 높이 들었다.

많은 인사들이 국가와 민족을 위해 공헌한 바가 크지만 조 박사님이야말로 교육자로서, 민간외교사절로서, 평화운동가로서 이 땅에 쏟으신 공헌은 참으로 지대하다.

* 조영식 101인 집에 실린 글

신성대학교 총장 취임식

2013-05-15   뉴 스타 타임즈(신성대학교 주보)

김병묵 신임 총장님 인터뷰

- 2013년 3월부터 우리 총장직을 수행하고 계시는데 학교에 대한 첫인상과 취임 이후의 소감이 궁금합니다.

첫인상은 캠퍼스가 참 아름답다. 나뿐만이 아니라 우리 대학에 찾아오시는 분들이 다 그렇게 얘기해요. 그리고 더 중요한 것은 학생들의 인성교육이 잘된 학교라는 것입니다. 취임식 때 오신 많은 손님들이 학생들의 친절함과 인사성에 깊은 인상을 받고 갔어요. 또 예전에 한국사립대학총장협의회 회장직을 수행한 경험이 있어 웬만한 전국의 대학사정은 머릿속에 다 들어 있는데, 우리같이 인사 잘하는 대학은 들어 본 적이 없어요. 그러한 면에서 깊은 인상을 받았어요.

- 우리 대학 총장직을 맡게 된 특별한 계기가 있으신가요?

우리 대학을 설립하신 이병하 명예 총장님이 경희대학교 출신이에요. 제 선배이시죠. 같은 교육계통에 있고 경희대 선배이니까 내가 경희대 법대를 졸업하고 80년대에 경희대 법대교수로 부임을 해서 학생처장부터 시작해 대학원장, 기획실장, 부총장, 총장까지 중요 보직을 다 거쳤을 뿐만 아니라 한국사립대학총장협의회 회장, 한국대학교육협의회 회장 등의 직무를 성실히 수행한 것도 알고 계세요. 그래서 분규로 몸살을 앓던 덕성여자대학교를 정상화시켜서 물려주고 쉬고 있을 때 이병하 명예 총장님께서 그동안의 경험과 축적된 노하우를 활용해 우리 대학을 국내의 명문대학교로 글로벌시대에 세계로 나아가는 대학으로 발전시켜 달리고 하면서 초빙하고 싶다고 하셨어요. 내가 따르는 좋아하는 선배님의 권유와 학교 발전을 위해 애써달리는 법인 이사회의 초빙을 받아, 그동안의 경험을 살려 학교 발전을 위해 일해보자는 결심을 하고 총장직을 맡게 되었습니다.

- 다른 매체와의 인터뷰에서 취업이 잘되는 대학을 만드시겠다고 구체적 계획이 있으신가요?

우리 대학은 지금도 취직률이 높지만 이를 더 높이기 위해 우선 학생들을 더 잘 가르쳐야 한다고 생각합니다. 이를 위해 우선은 우수한 교수들을 우리대학으로 스카우트해 교수의 질을 높이려고 합니다. 두 번째는 우수한 교수가 왔을 때 교육의 질을 높이기 위한 교육환경의 개선이 필요합니다. 낡은 장비는 첨단의 기자재로 없는 장비라면 새로 구입을 해서라도 교육환경을 개선할 예정입니다. 우수한 교수진과 최적의 교육환경을 제공해 우수한 학생들을 많이 배출해 인재풀 제도를 만들려고 합니다. 이러한 인재풀에 모인 학생들의 자료를 가지고 총장인 내가 직접 취업전선에 뛰어들어 기업들을 상대로 어필하겠다는 것이 제 생각입니다. 한편으로는 큰 기업들과의 MOU 체결 숫자를 늘려 그 기업의 임원들을 대학의 교수로 초빙해 실무교육을 담당시키고, 그렇게 모든 실무교육을 마친 인재를 다시 그 회사에서 채용하는 시스템을 만들려고 노력하고 있습니다. 대학은 일자리를 보장받고, 회사는 실무에 바로 투입할 수 있는 인재를 지원받는 서로가 win-win 할 수 있는 제도라고 생각합니다. 또, 조만간 취업설명회를 열어 국내뿐 아니라 해외취업을 할 수 있는 다양한 방법에 대해서도 홍보할 계획입니다.

- 학생들과의 소통을 위해 어떠한 활동 계획들을 가지고 계신지 궁금합니다.

첫째로 학생들의 면회신청을 하면 응할 겁니다. 내가 거의 다 받아들일 거예요. 그리고 학생들을 대표하는 총학생회하고는 내가 자주 대화를 할 거고, 학생들하고 간담회도 할 겁니다. 그렇게 해서 학생들이 의견을, 학생들의 소망을 들어보고 그런 것들이 대학에서 해줘야 하는 일이라면 시간을 지체하지 않고 해 줄 겁니다. 학과의 행사가 있을 때 될 수 있으면 내가 시간이 조절이 가능하면 학과행사에 많이 참석할 거예요. 참석을 해서 학생들과 소통하는 기회를 많이 가져 학생들이 무엇을 바라고 학생들 가려운 곳이 어딘가 하는 것을 그것을 찾아서 해결해주고 긁어주는 그런 총장이 될 겁니다.

- 학생들이 가려워하는 것 중에 통학버스 요금 및 배차 문제와 국제 교류에 대한 요구를 알고 계신지요?

버스 배차와 요금관련 문제는 처음 들어요. 총학생 회장하고 두세 번 대화도 하고 밥도 먹고 개인적으로 본 일이 있는데 그 통학버스 관계해서는 비를 피할 수 있는 시설을 만들어 달라고 건의해서 그 건은 바로 설치하기로 했습니다. 덕마축전이 끝나면 바로 착수해 방학 전에 마무리가 될 겁니다. 통학버스 문제는 내가 지금 사실상 처음 듣는 건데 이건은 조금 생각을 해봐야 할 것 같다. 해당 부서에서 보고도 받아보고, 학생들의 요구도 정식으로 받아보고, 또 해당 업체와도 얘기를 해 보고 큰 틀에서 모두가 이익이 되는 방안을 찾도록 하겠다. 글로벌화 시대에 국제 교류는 당연히 필요하고 이 부분에서 우리 대학이 부족한 점이 있는 것도 일부 사실입니다. 이를 위해서 이번에 아주 우수한 분을 국제교류원 원장으로 초빙해 왔습니다. 조만간 국제교류와 해외취업에 대한 설명회도 개최할 예정입니다. 미국, 중국, 일본, 유럽 등 전 세계를 무대로 국제교류의 길을 넓히라고 지시를 해놨으니 곧 학생들이 참여할 수 있는 여러 결과물들이 나올 겁니다. 기대해 보세요.

– 학생회관 건물에 제과제빵계열 학생들이 운영하는 '아띠'라는 대학카페가 인기인데요. 이처럼 더 많은 과에서 실질적인 교육을 할 수 있도록 추가적인 계획을 갖고 계신지 궁금합니다.

'아띠'는 지금 학생들이 성공적으로 잘 운영하고 있다고 얘기를 듣고 있고, 호텔조리제빵계열 학생들이 국제요리 경연대회에 나가 금상, 은상, 단체상을 받아와 같이 차도 마시고 격려도 했습니다. 이 학생들이 더 능력을 발휘할 수 있도록 내년에 오픈 예정인 신성대학교 부설 유치원에 빵을 납품하는 계획도 생각하고 있습니다. 계획대로 잘 된다면 더 많은 기회가 생길 거라고 생각합니다.

– 다른 전문대학, 4년제 대학교와 견주어 봤을 때 우리 학생들에게 바라는 것이 있다면?

꿈이 있는 학생이 되었으면 합니다. 지금의 내 주변의 환경이 열악하더라도 꿈을 가지고 그 꿈을 실현하기 위해서 노력을 한다면 그런 현실의 벽을 다 넘을 수 있습니다. 그 꿈을 실현하고 그 꿈을 이루기 위한 노력은 적당한 노력이 아니라 최선의 노력이어야 한다는 것입니다. 4년제 대학, 서울대, 연·고대 못 갔다고 열등감에 빠지면 안 됩니다. 학교 문턱도 가지 못하고 무학의 신분에서 성공한 위대한 분들이 너무나 많습니다. 우리 학생들 수준이면 무엇이든지 이룰 수가 있다하는 자신감을 가졌으면 좋겠고 우리 교수님들도 학생들에게 자신감을 심어줬으면 합니다. 반드시 자신의 꿈을 이룰 수 있다는 확신 가진 사람의 미래는 밝다고 자신합니다.

– 마지막으로 총장님이 생각하시는 신성대학교란? "○○○이다."와 그 이유를 간단히 설명해 주시기 바랍니다.

신성대학교란 취직이 잘되는 대학이다. 이유는 이런 대학을 만들고 싶습니다. 하지만 단순히 취직만 잘되는 것이 아니라 인성과 인격을 갖춘 전문인을 육성해 사회와 국가에 봉사하는 인재를 만들어 우리 대학 출신들이 어디서나 우대받고 칭찬받는 전문인이 되어 주기를 바랍니다. (인터뷰날짜 2013년 5월 15일)

– 유새얀, 곽다현, 엄수현 기자 –

2013-04-21   한국대학신문: https://news.unn.net/news/articleView.
html?idxno=123158

김병묵 신성대학 총장 "취업률 평균 80% 가능"

[한국대학신문 김기중 기자] 최근 전문대학가에 화제가 된 일이 있다. 지난 3월 중순 김병묵 경희대 전 총장이 전문대학인 신성대학으로 부임했다는 사실은 눈길을 끌기에 충분했다. 서울 유명 사립대 총장이자 대교협 회장을 지냈던 그가 신성대학을 어떻게 바꿀지에도 관심이 쏠린다. 부임한 달을 조금 넘긴 김 총장을 만나 신성대학을 어떻게 이끌지 물었다.

– 취임 축하드린다. 대학 파악 좀 하셨나

"신성대학은 개교한지 18년 된 대학이다. 젊은 대학이지만 전문대학에서는 10위권으로 자리를 굳혀가고 있다. 와서 보니 짧은 기간에 성장한 이유를 알 것 같았다. 우선 교육환경이 좋다. 재단이 의욕적으로 투자를 하고 있다. 두 번째는 특성학과 중심의 학과 구성이다. 간호학과, 치위생학과, 제철산업과, 보건환경과, 전문사관과 등 졸업 후 사회에 바로 진출 가능성 있는 학과만 개설했다."

– 전문대학에서는 학과가 아주 중요하다

"그렇다. 기업들은 졸업 후 바로 쓸 수 있는 인재를 선호한다. 예를 들어 제철산업과의 경우 현대제철, 동부제철, 포스코 등에서 서로 학생을 데려가고 싶어한다. 바로 현장에 투입될 수 있는 역량을 갖췄기 때문이다. 간호학과 인력 수급이 어려울 정도다. 전체 취업률 평균이 70%를 넘는다. 지리적 여건도 좋다. 서울과 2시간 정도 거리다. 가히 수도권 전문대학이라 할 수 있을 정도다. 매일 일산·인천·영등포·성남 등에서 34개 통학버스가 학생을 실어 나르고 있다. 700명 정도 수용할 수 있는 기숙사가 2개동이나 된다. 올해 또 한 동을 착공할 계획이다."

– 당진에 자리한 현대제철과 산학협력관계는

"제철산업과는 개설 때부터 현대제철과 MOU를 맺어 인력을 양성하고 있다. 동부제철과 서부 발전소 등과도 협력이 잘 돼 있다. 그리고 얼마 전에는 포스코 인사 담당 상무이사와도 연락을 주고 받았다. '현대제철에만 학생을 보내지 말고 우리도 좀 보내달라' 하더라. 우수한 학생 34명이 서류를 냈고, 28명이나 합격했다. '신성대학 제철산업과 학생들이 이렇게 우수한지 몰랐다'며 신입사원 모집 때 많이 보내달라는 요청이었다."

– 공부를 제대로 시키는 것도 중요한데

"앞서 말했듯 신성대학 교육환경이 좋다. 특히, 도서관은 보유 장서도 많고 시설도 상당한 수준이다. 교수들이 열의가 있고 학생들이 잘 따라

오면서 적극 활용 중이다. 일부 학과는 오후 6시 끝나면 교수가 모두를 인솔해 도서관에 데려온다. 9시까지 공부하고나서야 기숙사로 돌아간다. 전문대학 학생이라도 열심히 공부해야 한다. 그래야 사회 나가서도 안 밀린다.”

- 4년제대 총장 출신으로 전문대 맡았다

“설립자 이념이 ‘인성을 갖춘 전문기술인 양성'이다. 이런 이념에 맞도록 우선 2013년 취업률을 전체 평균 80%까지 올려볼 생각이다. 대학에 제복 입고 다니는 학생들 봤나. 전문사관과 학생들이다. 군 관련 학과들이 한 때 침체됐는데 요새는 수십대 1도 넘는다. 졸업 후 절반 정도는 해병대 하사관으로, 절반 정도는 육군 하사관으로 임관해 공무원 9급 수준으로 예우를 받는다. 요새 9급 공무원 시험 경쟁률이 수백대 1이다. 여기에 4년 지나면 7급 예우를 받고 각종 수당도 많다. 그러니 인기가 있다. 앞으로 이렇게 취직 잘 되는 분야들을 새롭게 발굴할 예정이다. '신성대학은 취업 잘 되는 대학' 이미지부터 만들 것이다.”

- 학생도 중요하지만 좋은 교수가 필요하다

“그렇다. 첨단 교육환경과 취업률 높이기에 이어 우수한 교수를 좀 더 확보하고자 한다. 계열별로 우수한 교원을 적극 스카우트 하겠다. '신성대학에 그런 교수가 있어?' 할 정도의 교원을 데려올 예정이다. 취업으로도, 교육으로도 강한 대학으로 변화시키겠다.”

- 전반적으로 대학이 위기인데 재정사정은 어떤가

"서울의 4년제 대학이라도 적자가 나고 있다. 여기 와 보니 그렇지 않다. 재단의 투자 의지가 확고하다. 중요한 것은 지금보다 더 우수한 학생을 유치하는 일이다. 현재 신성대학에 관심을 보이고 지속적으로 학생을 보내는 고교가 이 지역에만 18곳 정도다. 해당 고교 교장을 초대해 대학 안내도 하고 지속적으로 관계를 이어갈 예정이다. 일정한 수준의 학생을 입학시키기 위한 적극적인 홍보는 반드시 필요하다. 그리고 이들에게 혜택이 있어야 하지 않겠나. 그런 면에서 투자를 좀 더 하겠다."

- 전문대학서 인성교육 어떻게 하고있나

"'인성을 갖춘 전문기술인'이 이념인 만큼, 인성교육 잘 하는 대학으로도 소문나 있다. 신성대학은 학사지원부가 인성교육을 전담한다. 사회 저명한 분들이나 외국인 교수를 통해 인성개발을 하고 있다. 이 부서의 효율을 꾀할 예정이다."

- 박근혜 정부가 전문대학에 관심이 많다

"박근혜 정부의 교육정책은 전문대학과 지방대학 중점 지원이다. 한국전문대학교육협의회가 준비를 철저히 했더라. 전문대학에 대한 새로운 교육정책들이 곧 마련될 것이다. 산업기술명장 대학원, 특성화 전문대 100교 육성 등 눈에 띄는 게 많다. 특히 수업 연한 다양화가 진행되면 학제가 융합된다. 우선은 이러한 정책을 향해 노력하도록 하겠다. 초

216

반에 앞장 서도록 정보를 모을 예정이다. 태스크포스팀도 준비토록 하겠다."

- 전 대교협회장으로 교육정책 평가하면

"우리의 고등교육 정책은 정부 간섭이 사실상 심하다. 고등교육 잘 되려면 우선 자율성이 필요하다. 자율 속에서 발전하는 풍토가 돼야 한다. 경제인 출신인 손병두 대교협회장이 '경제만 간섭이 심한 줄 알았더니 대학은 더 심하다'는 우스갯 소리를 하지 않던가. 우선은 대학에 기본적인 것, 그러니까 입학에서 졸업까지 모두 대학에 맡겼으면 한다. 김연아나 박태환, 류현진 같은 이들이 정부에서 장학금 주고 훈련 시킨다고 나오겠나. 부모들은 그들에게 투자하고 그들은 인내하고 노력하고, 그래서 된 거다. 하향평준화를 위한 '규제와 통제'보다 자율적 경쟁에 따른 상향평준화를 위한 '육성과 지원'으로 정책 기조를 바꿔야 한다. 물론, 잘못을 했을 때에는 아주 엄하게 책임을 물어야 하고."

- 대학 퇴출에 대해서 어떻게 생각하나

"대학 평가는 신중해야 한다. 어느 잣대를 가지고 재느냐에 따라 달라진다. 아주 획일적인 방법으로 하면 원성을 듣게 된다. 대학 설립 50년 넘은 대학과 10년도 안 된 대학을 같은 잣대로 평가하면 되겠나. 지역도 마찬가지다. 서울·수도권과 지방은 달라야 한다. 그렇지 않으면 역사가 짧은 지방의 대학들은 무조건 퇴출 대학의 카테고리에 들어가게 된다."

– 그런 점에서 새 정부 정책 평가하면

"대학 퇴출에서 가장 어려운 부분이 사학 퇴출이다. 전체 대학 중 사학이 80% 이상인데, 이걸 강제로 나가란다고 나가나. 박근혜 정부는 이를 개선할 것으로 보고 있다. 지방대학을 육성하겠다는 점이라든가, 특성화 전문대 100교 육성이 그렇지 않나. 전문대 100교 육성의 경우 올해 1차적으로 50교, 내년 30교, 다음해에 20교 선정한다. 환영하고 있다. 다만, 정치권이 문제다. 야당이 어떻게 나오느냐에 따라 달라질 수도 있지 않겠나 우려스럽다."

– 교육이란 무엇이라고 보나. 김 총장 교육철학 무엇인가

"교육이란 것은 어떻게 가르치느냐 문제도 있지만, 학생들이 어떻게 배우느냐도 중요하다. 배우는 데에 어떤 노력을 할 것인가. 나는 '창의적 노력'을 강조한다. 남이 생각 않는 아이디어를 짜내도록 노력하라고 한다. 그러면서 교수들이 학생들을 끌고 가야 한다. '같은 돈이면 더 이름 있는 대학, 수도권에 있는 대학 보내겠다'는 게 학부모들의 마음일 거다. 하지만 신성대학은 이미 특성화 돼 있는 대학이다. 교수들에게 이름에만 연연하지 말고, 열심히 지도하고 그런 것 잊어버려도 된다고 했다. 총장으로서 그런 풍토부터 조성해야 하지 않겠나. 총장부터 교수, 직원 한 마음으로 대학을 잘 알려서 '취업 잘 되는 전문대학' 만들 거다."

2013-08-01   중도일보: http://m.joongdo.co.kr/view.php?key=201307310
00002059#ref

김병묵 신성대 총장
"기업이 원하는 맞춤인재 양성… 꿈 이루는 대학 만들 것"

[인터뷰]신성대학교 김병묵 총장에게 듣는다

21세기 무한경쟁시대, 새 희망과 미래를 개척하기 위한 전문인재 양성
을 위해 설립된 신성대는 생존을 위한 필연적 대응은 물론 양질의 교육
환경 확보와 특성화를 통한 경쟁력 강화에 온힘을 쏟고 있다.

대한민국 경제특구 당진에 있는 신성대학교는 천혜의 지리적 여건과
특색을 살리고 급속히 변화하는 시대적 흐름에 맞춰 산학협력을 통한
특성화된 대학으로 선도적인 역할을 하기 위해 교육환경의 개선과 경쟁
력 강화 등 대학의 전 가족은 노력에 노력을 더해 황해경제자유구역의
중심에서 대한민국을 대표하는 철강대학을 만들기 위해 혼신의 노력을
해가고 있다.

여기에 지난 3월 화려한 경력으로 중앙무대에서 활동하던 김병묵〈사
진〉 전 경희대 총장이 신성대학 총장으로 부임한 것은 신성대의 위상이
그만큼 높아졌음을 증명한 것이라서 세간의 이목이 집중된 가운데 앞
으로 신성대가 어떻게 달라질지, 얼마나 비상할지에 대해서도 관심이 쏠

리고 있다.

<편집자 주>

-총장 취임 후 한 학기를 보낸 소감은?

▲정신없이 보냈다는 말이 정답일 것이다. 많은 분들의 관심과 기대에 부응하기 위해 대내외적으로 몹시 바쁜 일정을 보냈다. 경희대학교 총장, 한국사립대학총장협회장, 한국대학교육협의회 회장의 교육 경력을 십분 발휘해 명실 공히 한국의 명문대학교로 발전시키도록 최선을 다할 것이다.

-현재 운영 중인 학사과정과 앞으로의 계획은?

▲신성대는 인성을 겸비한 전문직업인 양성을 가장 큰 교육목표로 삼고 전문대학의 특성화를 추진, 제2의 르네상스를 위한 다채로운 교육기법과 첨단 교육환경 구축, 복지시설 확충에 매진하고 있는 대학으로, 무려 5년 연속 취업률 95%를 상회하는 인재양성 사관학교이다.

또한, 12년 연속 우수공업계 대학 및 특성화 대학으로 선정됐으며 '전국 최상위권 취업률(12년 연속 95% 상회)'을 자랑하는 신성대학교는 '국가고객 만족도(NCSI) 대학부문 전국 2위'에 선정돼 명실상부한 서해안 시대의 거점대학으로 발전, 다수의 졸업생들이 사회 각 분야에서 공헌하고 있다.

이같은 성과를 더욱 발전시키기 위해 학생 중심으로 대학 체제를 혁신하고 인성과 실용 중심으로 교육과정을 개편함으로써 보다 효율적인 운영방식으로 체제를 변환한 신성대학교, 김병묵 총장은 특히 직업진로 개발과 취업활동 지원, 학생 편의시설 확충 등을 통해 글로벌 인재양성 교육에 주력, 전국 최고의 교육메카로 자리매김할 계획이라고 설명한다. "최근 중국의 급부상으로 인한 동북아 경제권 형성에 따라 우리나라의 대중국 및 동북아의 경제 중심지로 서해안의 중요성이 대두되고 있습니다.

황해경제자유구역은 45조 원의 천문학적인 생산 유발 효과와 28만여 명의 고용 창출 효과가 기대되는 국가균형발전의 핵심 경제특구이기도 하죠. 신성대학교는 그 특구의 중심인 당진에 위치하여 급속히 변화하는 시대적 교류에 맞춰 지역내 소재한 산업체와 연계한 특성화된 대학으로 발전할 수 있는 최적의 환경을 갖추고 있습니다."

신성대는 지난 1995년 전문 인력 양성을 목적으로 자동차과 등 9개학과로 개교, 2011년 12월 신성대학교로 교명을 변경하기까지 눈부신 발전과 도약을 거듭해 현재 5개 계열 22개학과 4000여 명 재학생들이 밝은 미래를 향한 꿈을 키워가고 있다.

또, 350여 기업체들과 MOU를 체결해 취업을 알선하고 있으며 보다 적극적인 국제교류와 국내·외 인턴십 제도를 확산시켜 취업의 문을 넓히며 취직 후에도 모교에서 재교육을 시켜주는 등 사후관리를 철저히 해 줌으로써 신성대학교 출신들에 대한 기업측의 인식을 새롭게 심어주도록 노력하겠다.

이와 더불어 전공분야, 외국어능력, 자격증, 특기 등을 기재한 인재파일을 만든 뒤 기업체에서 신입사원을 채용하기 전에 신성대학교의 우수한 인재풀을 기업체에 제공하는 적극적인 방법도 강구할 계획이다.

-신성대학교가 가지고 있는 특성화 전략은?

▲신성대는 개교한지 18년 된 대학이다. 젊은 대학이지만 전문대학으로는 전국 10위권으로 자리를 굳혀가고 있다. 와서 보니 짧은 기간에 성장한 이유를 알 것 같았다. 우선 교육환경이 좋다. 재단이 의욕적으로 투자를 하고 있다.

두 번째는 특성학과 중심의 학과 구성이다. 간호학과, 치위생학과, 제철산업과, 보건환경과, 전문사관과 등 졸업 후 사회에 바로 진출 가능성 있는 학과만 개설했다. 특히 제철산업과는 개설 때부터 현대제철과 MOU를 맺어 인력을 양성하고 있다. 동부제철과 서부발전소 등과도 협력이 잘 돼 있다. 기업들은 졸업 후 바로 쓸 수 있는 인재를 선호하는데 신성대 출신들은 취업 즉시 현장에 투입할 수 있는 역량을 갖췄기 때문에 취업이 잘 되고 있다.

타 대학과 차별화된 점은 대학 경쟁력강화 및 대학 브랜드의 가치창출 및 우수한 교육인프라 구축을 위한 방안으로 대학의 존재가치 부각과 브랜드 이미지 창출에 기여하기위해 경쟁력 있는 학과를 명품학과로 선정, 집중지원 및 투자함으로써 타 대학과의 차별화된 맞춤식 인재양성에 힘을 기울이는 것이 바로 그것이다.

명품학과로 지정되기 위해서는 최근 3년간 신입생충원율과 학생유지율, 취업률 등이 100%이며 상품성과 제2의 성장동력창출 및 대·내외 변화에 적응하는 탄력성 등을 구비하여야 한다는 선정조건이 있는데 까

다로운 선정조건에도 불구하고 현재 신성대의 명품학과로 선정된 학과는 미용예술계열, 치위생과, 제철산업과, 간호학과, 호텔조리제빵계열, 복지행정과, 유아교육과, 전기과 등으로 관련 학과들은 하나같이 현장경험이 풍부한 교수진과 우수한 교육과정, 그리고 최고의 교육시설로 전국제일의 인기 학과로 평가받고 있다.

신성대가 더욱 주목받는 이유는 명품학과 육성 및 높은 취업률이라는 외적인 성장뿐만 아니라 질적인 면에서도 좋은 평가를 받는 내실 있는 대학이기 때문이다. 이는 교육인적자원부의 교육개혁추진 우수대학, 특성화지원대학, 지역육성대학 등으로 선정되며 국가고객만족도에서 종 합2위를 기록한 것만 봐도 쉽게 알 수 있는 부분이다. 김병묵 총장은 지방에 위치한 대학임에도 불구하고 다방면에서 좋은 성적을 거두며 인정받는 데는 '고객만족경영을 우선시하는 대학의 철학 덕분'이라고 말한다.

–전문대학 경쟁력 강화를 위해 필요한 사항은?

▲전국 모든 대학들의 경영환경이 점차 어려워지고 있는 것이 현실이다. 그런데 여기 와 보니 그렇지 않다. 재단의 투자 의지가 확고하다. 중요한 것은 지금보다 더 우수한 학생을 유치하는 일이다. 현재 신성대학에 관심을 보이고 지속적으로 학생을 보내는 고교가 이 지역에만 18곳 정도다. 해당 고교 교장을 초대해 대학 안내도 하고 지속적으로 관계를 이어갈 예정이다. 일정한 수준의 학생을 입학시키기 위한 적극적인 홍보는 반드시 필요하다. 그리고 이들에게 혜택이 있어야 하지 않겠나. 그런 면에서 투자를 좀 더 하겠다.

대학의 경쟁력을 키우고 취직이 잘 되는 대학으로 각인되면 신입생 유치에는 별 어려움이 없다고 생각한다. 2, 3, 4년제를 두고 있는 학제융합 대학의 특성을 살리며 우수 교원을 좀 더 많이 확보하고 산업체 임원 등을 겸임교수 또는 초빙교수로 위촉해 실무교육을 강화시키며 맞춤형 교육으로 전문지식과 기술을 겸비한 특성있고 창의력을 갖춘 인재를 양성시키겠다.

▲마지막으로 학교 자랑을 해 달라.

신성대학교는 꿈이 있는 대학, 꿈을 심어주는 대학, 꿈을 이루는 대학이다. 신성대 출신들이 사회로 더 많이 진출해 성공할 수 있도록 전문성과 특성을 살린 교육에 집중할 것이며 아울러 인성교육도 강화할 계획이다. 율곡선생은 교육이란 인간을 인간으로서의 도리를 다할 수 있도록 가르치는 것이 교육이라고 표현했다. 신성대는 인성교육을 바탕으로 개인의 적성과 특기를 살려주고 좋은 직장에 취업도 하며 국가와 사회에 기여하는 사람으로 만들겠다.

2014-10-27   한국대학신문: https://news.unn.net/news/articleView.
html?idxno=140265

[대학탐방/신성대학교]
세계적 수준의 특성화 대학을 꿈꾼다

[한국대학신문 양지원 기자]신성대학교(총장 김병묵)는 설립자이자 명예총장인 태촌(太村) 이병하 박사의 홍익인간 정신을 구현하고 세계화 추세에 부응하는 산업기술인을 양성하자는 이념 아래 건립됐다. 지난해 WCC(세계적 수준의 전문대학, World Class College)로 선정되고 지역사회와의 상생을 고려한 산학협력과 글로벌 교육역량 강화 등의 성과를 인정받아 설립자 이병하 박사는 지난 6월 정부로부터 국민 훈장 모란장을 받기도 하였다.

이 대학은 'BEST Innovation 2020 직업교육의 메카, 취업이 잘되는 즐거운 대학'을 비전으로 삼아 직무를 창의적으로 수행할 수 있는 전문기술인, 국가와 사회 발전에 기여하는 창조인 양성을 목표로 하고 있다.

신성대학교는 개교 첫 해인 1995년, 교육개혁위원회로부터 특성화모델대학으로 지정받은 이후 교육부 주관 재정지원사업인 우수공업계대학, 특성화우수대학, 주문식우수대학, 학사제도시범전문대학, 5년 연속 교육역량강화사업대학, 특성화전문대학에 잇따라 선정됐다.

225

■대학 자체 평가로 명품학과 육성…지역산업과 상생하는 모델로서의 입지 강화 ='입학부터 취업까지'는 신성대학교가 추구하는 교육 목표다. 수요자와 지역사회, 그리고 취업교육 중심의 교육 여건을 조성하고 끊임없는 변화를 통해 '특성화된 교육 인프라'를 갖춘 인성을 겸비한 우수 인재 육성을 구현하고 있다.

이를 위해 백화점식 학과 개설을 지양한다. 대신 명품학과 위주 특성화된 학과 육성에 주력하고 있는데 이와 관련한 성과는 높은 취업률 지표가 증명한다. 지난 6월 발표된 취업률 현황에 따르면, 이 대학 졸업생 취업률은 대전·충청권 1위와 전국 3위를 기록했는데, 이는 지역권 인재 양성에 있어 신성대학교가 중심적인 역할을 하고 있음을 여실히 보여준다.

이 대학의 명품학과 인증제도란 차별화된 학과 운영으로 국내 상위그룹 수준의 실력을 갖추고 있음을 인정해주는 대학자체 프로그램으로 현재 △미용·예술계열 △치위생과 △제철산업과 △간호학과 △호텔조리제빵계열 △복지행정과 △유아교육과 △전기과 △세무경영과로 총 9개이다.

이 중 제철산업과는 현대제철(주)과 공동 교육과정을 운영하며 학과 개설 이후 80%이상의 학생들이 이 기업과 국내 굴지 대기업에 입사했다. 아울러 자동차계열은 동서발전소와 MOU를 맺고 계약학과를 운영하고 있고, 전기과는 취업률이 80% 이상을 상회하고 있다. 이 밖에도 국가고시 합격률과 취업률이 전국 최 상위권을 기록 중인 간호학과, 물리치료과, 치위생과, 작업치료과와 같은 보건계열 학과 등은 향후 전망 있는 명품학과로 꼽히고 있다.

■재학생 만족도도 5점 만점에 4점…인성 겸비한 세계적 수준의 전문기술인 목표 =신성대학교는 올해부터 공학과 자연 계열을 주력으로 한 특성화 사업 계획을 가지고 있다. 대학이 위치한 충남 당진에는 3곳의 국가산업단지와 4곳의 일반산업단지 등이 밀집돼 있다.

이러한 지역 특성을 적극 활용해 공업계 특성화를 추진하고 있다. 철강, 자동차 등 발전소에서 요구하는 인력들을 자동차계열, 전기과, 제철산업과, 소방안전과, 보건환경과 등 공업계열 학과에서 양성하고 있다. 한편 상대적으로 열악했던 교육·복지와 의료서비스 부문도 중점 관리하기 위해 대학은 지역 의료기관과 네트워킹을 강화했다. 대형병원 유치에 따라 즉시 현장 투입이 가능한 보건의료 인력 양성 사업을 진행하는 것이다. 이는 보건의료전공을 명품학과로 선정하고 대학 중기발전계획에 근거해 특성화 교육을 추진하는 이유다.

재학생들은 대학 생활에 대한 만족도가 매우 높은 편이다. 지난해 한국전문대학교육협의회 주관 전국 전문대학생 학교 만족도 조사에서 5점 만점에 4.07점을 기록, 전국 평균 3.51점을 훨씬 상회하고 있다.

대학은 학생들이 인성을 겸비한 전문기술인으로 성장할 수 있도록 인성 교육에 대한 지원도 아끼지 않고 있다. 평소 전 교직원에 의해 실시되고 있는 인성 함양 교육은 '바른 신성인 되기 프로젝트'라는 체계적인 매뉴얼로 갖춰져 있다. 인성계발을 교양 필수과목으로 지정하고 신입생들을 대상으로 기본예절 교육을 지속적으로 실시하고 있다. 지역 산업체들이 신성대학교 출신을 유난히 선호하는 이유가 바로 이 때문이다.

신성대학교 캠퍼스는 밤과 낮의 구분이 없다. 학생들이 낮에는 정규교육과정에 참여, 자투리 시간을 활용한 다양한 비정규과정 학습, 야간에는 자격증, 국가고시 등 각종 특강과 동아리 활동 및 자율학습을 하며 도서관과 강의실 불을 환하게 밝히고 있다. 대학은 학생들의 '뜨거운' 면학 분위기 조성에 한껏 불을 지펴 2년 전 중앙도서관을 추가로 신축했다. 내년 2월에는 지상 12층 규모의 제3인성관(기숙사)도 추가 증축되므로 더 많은 재학생이 집에서 통학시간을 줄이며, 학교교육에 전념할 것으로 예상된다.

김병묵 총장 인터뷰

-충남 당진 지역 발전에 신성대학교가 기여하는 정도는.

"기여도는 매우 높다고 본다. 지역 산업체와 산학 협력 체제를 이루며 현대제철(주)을 비롯해 크고 작은 규모의 350여 회사들과 MOU를 체결한 상황이다. 학생들을 그 기업들에 취업시키고 기업에서 주문식 교육을 의뢰하면 그에 맞춰 교육 시키고, 또 기업 임원을 겸임교수로 위촉해 임원이 직접 대학에 와서 강의하고 현장실습을 진행한다. 이렇듯 산업체와의 협조가 원활하게 이뤄지고 있다."

-구체적으로 특정 기업과의 업무 진행 상황을 말해달라.

"현대제철에서 매년 1억3000만원의 장학금을 우리대학에 지원해 주고 있다. 특히 제철학과와 협력체계를 이루고 있으며 제철학과 졸업생들은 대부분 현대제철에 취직하게 된다. 지역과 더욱 밀접한 연관을 맺기 위해 부분적으로 진행하고 있던 관·산·학 협력체를 내년부터는 당진시와 함께 더욱 강화 할 계획이다. 정기적으로 모임을 갖고 세 기관이 합동으로 매년 취업 박람회를 개최하는 등, 대학의 인적자원들을 당진시와 기업체를 위해 적극 지원할 것이다. 우리대학 교수진이 각 회사의 사내 대학 운영을 지원하는 것도 한 방법이다."

－지방 전문대학 수장으로서 느끼는 위기감이 있다면.

"만약 수험생이 수도권과 지방대학 모두에 합격하면, 수도권으로 가는 게 현실이다. 부모와 학생 본인 선호에 의해 수도권으로 몰리는 경향을, '신성대학교로 가야겠다' 마음먹게 하기 위해서는 학교가 발전해서 명문, 좋은 대학이 돼야 한다. 그러므로 알차고 질 높은 교육환경 속에서 현장에 맞는 교육, 주문식 교육, 차원 높은 교육을 시켜 취직 잘되는 대학으로 더욱 발전해야 한다. 또 4년제 대학에서 유턴(U-turn)해 오는 지원자가 현재보다 더욱 많아지면 지방 대학에 대한 인식도 달라지지 않을까 생각한다."

－경희대 총장·대교협 회장·덕성여대 이사장 등의 경력을 갖고 있다. 4년제와 전문대학 모두를 경험한 수장으로서 차이점을 말한다면.

"갑자기 총장이 된 게 아니라 학장, 대학원장, 기획실장, 부총장 등을 모두 거쳐 총장직에 올랐다. 4년제 총장 및 대교협회장을 하면서 솔직히 말해 고등교육기관의 한축인 전문대학에 대한 실정을 몰랐고 또 별로 관심도 없었다. 전문대학에 와서 보니 그동안 정부에서 전문대학에 대한 정책이 전무했다는 것을 알게 되었다. 지나치게 홀대하지 않았나하는 생각이다. 앞으로 전문대학의 위상이 높아져야 되지 않겠나 하는 생각이 드는데, 다행히 이번 정부에 들어와서 전문대학에 대한 정책이 강화되는 것 같다. 구조적인 문제도 하나 언급하면 교육부에 전문대학을 다루는 부서는 전문대학정책과 하나뿐인데 이것을 국으로 승격시키고 1국에 최소 3개과 정도는 설치되어야 한다고 생각한다. 그래야 전문대학의 위상이 어느 정도 올라설 수 있다고 본다. 또한, 전문대학에 대한 예산 지원율을 높이고 학제 다양화를 각 대학에 맡겨 자율적으로 움직일 수 있게 해 줘야 한다. 또 4년제가 전문대학 학과를 모방하지 못하게 해야 한다."

-신성대학교가 향후 나아갈 방향은.

"인성 교육을 매우 중요시하고 있다. 이를 기본으로 각 전공에 최고의 교육시설을 설치해 학생들이 불편함 없이 현장위주의 실습을 강화할 수 있도록 집중적으로 재정 지원을 할 것이다. '명품학과'라는 용어는 우리 대학에서 최초로 사용하기 시작했고 명품학과에 선정되면 교수 연구비, 학과 발전을 위한 재정적 지원, 각종 시설지원 등 기자재에 대한 적극적인 지원이 이뤄진다. 또 하나는 '애프터서비스'다. 앞으로는 졸업 후에도 각 학과에서 취업생 들에 대한 인적관리를 지속적으로 하며 직장생활을 하고 있는 졸업생들에 대한 재교육을 대학에서 실시할 계획이다."

2013-12-05 한국일보: https://www.hankookilbo.com/News/
Read/201312041293584275

[시론/12월 5일] 전문대 육성이 허언이 안 되려면

정부는 지난 7월 전문대 육성 방안을 발표한 바 있다. 특성화 전문대 100개교 육성, 수업연한 다양화, 산업기술명장 대학원 설치, 평생직업교육대 육성, 세계로 프로젝트 추진 등 5가지 과제가 골자다. 지식기반 산업 및 창조경제의 핵심인 전문직업인 양성을 목적으로 마련된 안이다. 이후 4개월이 지났다.

교육은 흔히 '백년지대계(百年之大計)'로 불린다. 정부가 뒤늦게나마 시의적절한 전문대 육성 정책을 발표했다고 판단하지만, 그에 따른 후속 조치가 4개월 동안 전혀 이루어지지 않고 있다. 관련 법안의 개정 절차나 예산 지원이 뒷받침 되는 게 당연한데도 어느 것 하나 진전되지 못한 채 오리무중이다.

고등교육법 일부 개정안이 지난 7월초 발의되어 소관위원회에 회부되었으나 아무런 진전 없이 국회에 계류 중에 있다. 이래가지고서야 어떻게 전문대의 미래를 밝게 내다 볼 수 있겠는가.

국민은 정치를 불신하고 있다. 아니 어쩌면 정치인들을 혐오하고 있다고 해도 과언이 아니다. 국민을 위한, 나라를 위한, 미래를 위한 정책 대

231

안의 뉴스거리는 만들어 내지 못하고 눈만 뜨면 싸움판이나 벌리고 있으니 참으로 한심스럽기 짝이 없다. 차라리 국회의 문을 닫아버리는 것이 낫겠다는 생각을 하게 된다. 나만의 생각일까? 정치권은 지나칠 정도로 국민을 짜증스럽게 만들며 실망시키고 있다. 국제경쟁력 속에서 자국의 발전을 위해 헌신적으로 봉사하며 노력하고 있는 다른 나라들의 의회 모습을 먼저 배웠으면 한다.

오늘의 고등교육 현장이, 전국의 전문대 현실이 얼마나 어려운 지경에 놓여있는지 정치인들에게 묻고 싶다.

지금 전문대는 최대의 위기를 맞고 있다. 전문대가 위기라는 것은 우리나라의 고등교육도 위기 국면에 처했다는 의미로 볼 수 있다. 고등교육은 정부의 각종 규제와 통제에 시달리고 재정적 압박에 시름시름 앓고 있다. 정치권은 제발 좀 정신을 차려주기 바란다. 여야 간의 삿바싸움을 중지하고 하루 속히 정상적인 의회활동을 펼쳐 주길 바란다. 잃어버린 신뢰감을 회복하고 국가미래를 위해 동분서주하는 생산적인 국회상(像)을 보여줘야 한다.

절대 다수의 국민적 바람임을 깨닫고 지금부터라도 국회는 정부와 머리를 맞대고 숙의해야 옳다. 여야가 긴밀한 협조를 통해 이 나라 고등교육 발전을 위해 조속히 고등교육법 일부 개정안을 심도 깊게 다루고 예산을 심의하여 전문대 육성 발전을 위한 대폭적인 재정 지원에 나서야 마땅하다. 그것이 어렵다면 정부안이라도 통과시키는 게 대학 발전을 위한 최소한의 성의다.

질 높은 산업기술인력을 키우려면 법적인 뒷받침과 충분한 재정지원 없이는 불가능하다. 지금까지의 고등교육 정책은 4년제 대학 위주의 정책이었다고 본다. 전문대에 대한 교육 정책은 전무한 것이나 마찬가지였다.

박근혜정부 들어서 전문대 육성화 방안을 내놓고 있지만 보다 종합적이고 체계적인 지원이 따르지 않는다면 한낱 구호에 그칠 개연성이 높다.

고등교육기관 지원의 형평성 문제가 내년 예산에서도 개선되거나 반영되지 않고 정부와 국회의 제도적 장치와 행·재정적 지원 문제가 확보되지 않을 경우 특성화 전문대 100개교 육성사업 자체가 물거품이 될 수도 있다.

또한 지방과 수도권의 교육 격차를 해소하고 국가균형발전을 도모하는 것은 국가의 책무임에도 불구하고 현실은 그렇지 않은 부분 역시 걱정스러운 대목이다. 불공정한 경쟁 구도나 100년 된 대학과 20년밖에 안 된 대학을, 그리고 수도권대와 지방대를 한 줄로 세워 놓는 대학 간 수직적 서열 구조의 교육정책은 실로 비교육적인 발상임을 하루에도 몇 번이고 느끼게 된다.

지방대 교육의 현장에서 하도 답답함을 호소하며 정부와 정치권의 각성을 촉구하는 것은 비단 필자만이 아닐 것이다.

안중근 의사 유적 및 독립운동 역사현장 방문기

김병묵 신성대학교 총장

한국대학총장협회는 한국외교협회와 공동으로 안중근 의사유적 및 독립운동 역사현장 방문계획을 세우고 30여 명의 회원들이 2014년 9월 23일부터 9월 26일까지 4일 간에 걸쳐 1909년 10월 26일 안중근 의사가 우리민족의 원흉 이등박문(伊藤博文, 이토 히로부미)을 사살했던 중국하얼빈역의 현장과 투옥되었던 여순감옥(旅順監獄), 그리고 안중근 의사를 교수형 시킨 대련(大連)의 관동법원 등을 방문하였다. 방문단의 일원으로서 역사의 현장을 탐방하면서 보고 배우고 느낀 소감을 다음과 같이 피력하고자 한다.

안중근 의사는 1879년 9월 20일 황해도 해주부 수양산 아래의 광석동 마을에서 3남 1녀 중 장남으로 태어났다. 안중근 의사의 어린 시절은 조선 이씨 왕조가 제국주의 열강의 침략으로 풍전등화와 같이 뒤흔들리는 내우외환이 겹쳤던 동란의 시기였다. 그는 1894년 16세 때 결혼하여 2남 1녀를 낳았다. 그가 25세 되던 1904년 8월 22일 우리나라는 일본의 강압에 의한 일·한협약이 체결되어 조선의 재정은 물론 외교 실권마저 강탈당하였다.

이어 1905년 11월 18일 이등박문의 주도 하에 굴욕적인 제2차일·한협약(을사보호조약이 체결되었고 1906년 2월 1일 이등박문이 조선통감부의 초대 통감에 취임하면서 일본은 조선에 관한 정치·군사·외교·경제 대권을 한 손에 틀어쥐게 되었다. 1907년 7월 일본은 조선을 더욱 강박하여 제3차 일·한협약을 체결하고 공개적으로 조선의 내정을 통제하였다.

이에 우리 애국지사들은 민족존망의 위기에 처한 우리 조국을 지키고 구하기 위해 조선의병대를 조직하여 도처에서 일본군과 싸우게 된다. 사료(대련시 근대사연구소 학술연구 총서, 안중근 연구, 2009)에 의하면 1907년 8월부터 12월 사이에 조선의병은 일본군과 323차례의 전투벌였으며 전투에 참가한 의를 병의 수는 44,116명에 달하였다. 1908년에는 1,542차례의 전투에 69,832명의 의병들이 참가하기에 이른다. 이러한 반일 의병들의 결사항쟁은 청년 안중근에게 큰 영향을 주었다.

28세의 안중근은 무기를 들고 일본 침략자와 혈전을 벌이는 것이 나라를 구하는 유일한 길이라고 단정하고 1907년 국가와 민족을 위해 목숨을 바칠 결의를 다지며 반일의병투쟁에 투신하기로 결심, 고향을 떠나 중국 연변일대와 동포들이 많이 살고 있는 러시아 연해주지방을 순회하며 동지들을 규합하여 반일의병대를 조직하였다. 1908년 안중근은 300여 명의 의병을 이끌고 두만강을 거쳐 함경도 국경 일대에서 일본군

수비대를 습격하는 등 3차례의 전투에서 일본군 50여 명을 사살하는 전과를 올리기도 하였다.

1908년 10월 12일 안중근은 연추에서 강순기, 정원주, 박봉석, 유치홍, 김백춘, 김기룡, 백규삼, 황병길, 조응순, 김천화, 강창두 등 11명의 동지들과 나라를 위해 목숨을 바치자고 맹세를 하며 각자 자신의 왼손 무명지를 자르고 흐르는 피를 사발에 담아 길이 3m, 너비 2m의 태극기를 그린 다음 안중근이 '대한독립' 이라는 혈서 넉 자를 써 넣었다. 애국지사 12명은 그 앞에서 장엄하게 선서한 후 대한독립만세를 삼창하였다. 이 때 안중근은 "나는 3년 안에 늙은 도적, 이등박문을 내 총구 앞에 쓰러지게 하겠다"라고 선언한다. 이때부터 안중근은 자신이 좋아하는 모젤권총을 항상 몸에 지니고 다니면서 사격연습을 하며 기회가 오기를 기다렸다. 그리고 마침내 절호의 기회가 찾아 왔다.

1909년 6월 14일 조선통감부통감직을 사직하고 일본으로 돌아가 추밀원 의장이 된 이등박문이 중국 동북에서 러시아가 장악한 일부 권익을 할양받기 위해 메이지 천황의 전권대표의 신분으로 1909년 10월 26일 아침 중국 하얼빈 역에 도착하여 러시아재정대신과 담판한다는 정보를 입수한 안중근은 어떠한 일이 있어도 반드시 성사시켜야 된다는 각오 하에 철저하게 암살계획을 세운다.

드디어 거사일인 1909년 10월 26일이 도래했다. 아침 일찍 하얼빈 역에 미리 도착한 안중근은 여객 대기실에 있는 찻집에서 차를 마시며 기차가 오기를 기다렸다. 9시가 조금 넘자 이등박문이 탄 전용열차가 서서히 플랫폼으로 들어섰다. 플랫폼에는 환영을 나온 인파로 가득하였고 러시아 재정대신 코코후쵸브를 선두로 하는 러시아 관원들과 하얼빈주재 외교사절들이 줄지어 있었다. 그 뒤에는 러시아와 중국의 군악대와 의장대가 자리를 잡았으며 일장기를 든 일본인들이 늘어섰고 그 앞으로는 러시아와 중국 군인들이 줄지어서 경비망을 쳤다.

이등박문은 기차에서 내려 러시아와 일본 관원의 배동 하에 의장대를 검열하고 나서 외교사절단들에게 일일이 악수를 하고 다시 몸을 돌려 일본인들이 있는 쪽으로 향하였다. 이때 안중근은 재빠른 솜씨로 권총을 꺼내들어 이등박문을 향하여 세 발을 쏘았다. 첫 탄알은 이등박문의 앞가슴에 명중하였고, 두 번째와 세 번째 탄알은 각각 옆구리와 복부에 명중했다. 안중근은 총구를 돌려 이등박문을 배동하고 있던 일본인들을 향하여세 발을 더 쏘았다. 일본 하얼빈주재 총영사 가와카미 도시히코, 일본 궁내 대신 비서관 모리 타이지로, 경제인 다나카 세이지로가 휘청거리며 쓰러졌다. 안중근은 조금도 흐트러짐이 없이 대한독립만세를 외치고 난 후 아무런 저항도 없이 순순히 러시아 헌병에게 체포되었다. 그 시간은 9시30분 경이었다.

총에 맞은 이등박문은 급히 전용열차에 옮겨져 구급치료를 받았지만 이미 피를 너무 많이 흘렸기에 그 얼굴에는 핏기가 없었다. 그가 간신히 눈을 뜨고 무기력한 어조로 누가 쏘았는지 묻자 비서관 모리 타이지로가 작은 소리로 '조선인'이라고 대답하였다. 이 말을 들은 이등박문은 '죽일 놈' 이라는 마지막 말을 남겼다고 한다.

하얼빈역에는 역사 내에 안중근 의사기념관이 크지 않은 규모로 설치되어 있으며 안중근 의사가 권총을 쏜 위치와 이등박문이 총을 맞고 쓰러진 위치를 땅바닥에 확연하게 표시해 놓았다. 불과 약 7m의 거리에서 명중시켜 이등박문을 사살함으로써 민족의 한을 풀었던 현장을 100여년이 지난 뒤에서야 생생하게 둘러보는 동안 필자는 가슴에서 잔잔한 전율을 느꼈다.

사건 발단 1주일째인 10월 30일, 일본정부에서 파견한 미조부찌 다카오 검사가 하얼빈에 도착하여 안중근에 대한 심문을 시작하였다. 안중근은 "나는 한국인이다. 나라를 위해 원수를 갚았고 또 불행한 우리 동포들을 대신하여 원수를 갚은 것이다"라며 이등박문의 15개 죄악을 다음과 같이 열거 하였다.

1. 한국 민황후를 시해한 죄요
2. 한국 황제를 폐위시킨 죄요
3. 조약을 강제로 체결한 죄요
4. 무고한 한국인들을 학살한 죄요
5. 정권을 강제로 빼앗은 죄요
6. 철도, 광산, 산림, 천택을 강제로 빼앗은 죄요
7. 제일은행 지폐를 강제로 사용한 죄요
8. 군대를 해산시킨 죄요
9. 교육을 방해한 죄요

10. 한국인들의 외국 유학을 금지시킨 죄요

11. 교과서를 압수하여 불태워버린 죄요

12. 한국인이 일본인의 보호를받고자 한다고 세계에 거짓말을 퍼뜨린 죄요

13. 현재 한국과 일본 사이에 살육이 끊이지 않는데 한국이 태평무사한 것처럼 천황을 속인 죄요

14. 동양평화를 깨뜨린 죄요

15. 일본 천황폐하의 아버지 태황제를 죽인 죄라고 사살한 이유를 우렁찬 목소리로 밝혔다.

검찰관이 숙연한 표정으로 다듣고 난 뒤 놀라면서 하는 말이 "이제 진술을 들으니 당신은 참으로 동양의 의사라 하겠다. 당신은 의사이니까 사형 받을 일은 없을 것이니 걱정하지 말라"는 것이었다. 이에 안중근 의사는 근엄한 기색으로 "지금 여기에서 나의 생사를 논하려는가? 내가 죽고 사는 것은 신경 쓰지 말고 이등박문의 이 죄악상을 속히 일본 천황에게 아뢰어라. 그리하여 속히 이등박문의 옳지 못한 정략을 고쳐서 동양의 위급한 태세를 돌려 세워야 한다. 이것이 나의 간절한 소원이다"라고 외쳤다.

1909년 11월 3일 안중근은 하얼빈 러시아 재판소로부터 일본이 점령하고 있는 관동도독부(지금의 여순) 감옥으로 이감되어 여순 관동도독부 지방법원에서 재판을 받게 되었다. 1910년 2월 7일 관동도독부 지방

법원은 안중근 사건에 대하여 제1차 재판을 연 후 재빠르게 재판을 진행시켰다. 2월 12일 제5차 재판에서 안중근은 "나는 개인이 아닌 의병 참모중장으로서 중임을 맡고 하얼빈에서 전쟁하는 과정에서 이등박문을 사살하고 포로가 되어 이곳에 온 사람이다. 나는 본래 여순 지방법원과 아무런 관련이 없다. 나는 응당 국제 공법에 따라 재판받아야 한다"고 주장하였다.

그러나 1909년 12월 2일 법원에서 정식으로 안중근 안건을 심리하기도 전에 일본외상 고무라 쥬타로는 관동도독부 지방법원에 밀령을 내려 안중근을 사형에 처하라고 지시하였고 결국은 여순 감옥생활 144일만인 1910년 3월 26일 오전 10시에 여순감옥 교형실에서 11차례 조사와 6차례 재판심리 끝에 교수형에 처해 32세의 젊은 나이에 순국하였다.

안중근 의사는 사형집행 직전에 정근, 공근 두 동생에게 최후유언을 남겼다.

"내가 죽은 다음에 나의 유골을 하얼빈 공원 옆에 묻었다가 우리나라가 주권을 회복한 후 조국에 이장하기 바란다. 나는 천국에 가서도 나라의 독립을 위해 노력할 것이다. 너희들은 돌아가서 동포들에게 알려라. 모든 사람은 모두 국가의 중임을 지고 국민의 의무를 다하며 합심, 협력하여 공로를 이루고 실업을 이룩하라. 대한독립 만세소리가 천국에 들려올 때 나도 기뻐서 만세를 외칠 것이다."

안중근 의사는 끓어 넘치는 조국과 동포에 대한 사랑과 열정으로 한 편의 장엄한 서사시로 마지막 유언을 남겼다.

강대한 열강의 침략 앞에 많은 사람들이 침묵을 지켰고 일부 비겁한 자들은 도주하거나 안온함을 찾기에 급급할 때 안중근 의사는 국내외를 전전하면서 의병구국을 주장하였고 자기의 웅변으로 일본 정부의 침략 야욕을 폭로하였을 뿐만 아니라 살신성인(殺身成仁)의 실제행동으로 암울함에 낙담하고 있던 사람들에게 희망과 용기를 주어 조선의 항일 구국투쟁의 일대 전환기를 가져다주었다. 뿐만 아니라 그의 행동을 통하여 세상만방에 식민지 국가의 국민들이 민족해방과 독립을 쟁취하기 위한 투쟁의 정당성을 알려 주었다.

이번 역사적인 현장 방문을 통해 안중근 의사의 어머님도 참으로 훌륭하신 분이었음을 알게 되었다. 동생 정근과 공근이 감옥으로 면회하러 왔을 때 어머니의 안부를 물으며 어머니에게 효도하지 못함을 용서하여 줄 것을 전하여 달라고 하면서 어머니께서 이 불효자식에게 마지막으로 훈시하여 주실 것을 부탁하였다. 이 소식을 전해들은 안중근의 어머님은 비통한 기색 없이 "너는 옳은 일을 한 후 체포되어 판결 받았으니 비굴하게 목숨을 구걸하지 말라! 대의를 좇아 죽음을 선택해라. 이것이 어머니에 대한 효도이다." 옥중에서 어머니의 말씀을 전해들은 안중근은 심오한 그 뜻을 따라 법정에서 사형을 선고하였을 때 아무런 주저도 없이 상소를 포기하고 죽음을 택했다는 것이다. 나라사랑을 최우선시 했던 그 어머니에 그 아들을 생각하면 고개가 저절로 숙여진다.

여순감옥소는 옛 모습 그대로 잘 보존되어 있었고 안중근 의사가 감옥살이 했던 감방과 교수형에 처했던 현장 또한 생생하게 보존되어 있었다. 우리 일행은 하얼빈역 기념관을 비롯하여 여순감옥소에서 교수형 5분 전에 쓴 작품 '爲國獻身 軍人本分(나라를 위해 몸을 바치는 것은 군인의 본분이다)'을 비롯한 옥중 유묵작품 70여 점이 전시된 전시실을 갖추기까지 안중근 의사의 역사적 발자취를 보존하기 위한 중국 당국의 세심한 배려가 있었음을 읽을 수 있었다. 깊은 감사의 뜻을 보내고 싶다. 조국의 미래를 짊어질 우리의 젊은 대학생들을 이 역사의 현장에 많이 보내어 안중근 의사의 숭고한 애국정신을 몸에 익히도록 교육시켜야 되겠다는 생각을 가슴에 새기며 빡빡한 3박 4일의 일정을 마치고 돌아왔다.

2015-11-22   대전투데이: http://www.daejeontoday.com/news/
articleView.html?idxno=386070

신성대 수시2차 모집 경쟁률 10.14대 1

학령인구 감소에도 불구 높은 경쟁률 기록

[대전투데이 당진=최근수기자] 신성대학교(김병묵 총장) 입학관리처
는 2016학년도 신입생 수시2차 모집 결과 222명 모집에 2,250명이 지원
해 최종 10.14대 1의 경쟁률을 기록했다고 밝혔다.

이번 수시2차 모집에서 가장 높은 경쟁률을 보인 학과는 보건행정과
로 107명이 지원해 21.4대 1의 경쟁률을 기록했으며, 안경광학과 18대
1, 정보통신과 16.8대 1, 작업치료과 15.6대 1, 호텔관광과 15대 1 순으
로 나타났다.

이번 수시2차 모집결과의 특징은 전 계열에서 높은 경쟁률이 고르게
나타났으며, 특히 학령인구 감소세 속에서도 전년대비 지원율이 상승된
점은 상당히 고무적인 것으로 평가되고 있다.

보건계열과 제철산업과에는 올해도 많은 지원자들이 몰리면서 신성
대학교 인기계열의 면모를 과시했다.

한편 신성대학교는 지역인재육성을 위해 당진·서산·태안 지역고교 입
학생 400여 명에게 지역육성장학금을 지급할 예정이며, 이는 전체 모집

243

인원의 약 30%에 해당한다.

오는 21일에 수시2차 면접(간호학과 외 10개과)을 실시할 예정이며, 합격자는 다음달 7일 신성대학교 홈페이지(http://ipsi.shinsung.ac.kr)에서 확인할 수 있으며, 기타 자세한 사항은 입학관리처(☎041-350-1400)로 문의하면 된다.

2015-09-01   조선일보: https://www.chosun.com/site/data/html_dir/2015/08/31/2015083103360.html

[발언대] 能力 중심 사회, '유니테크'로 앞당기자

정부는 산업체 현장 인력 양성을 위해 국가직무능력표준(NCS)에 기반한 산업맞춤형 교육과정 개발과 활용에 힘써왔다. 이에 따라 교육부는 전국 137개 전문대학 중 76개 학교를 특성화 대학으로 선정한 데 이어, 최근 고용노동부와 함께 취업보장형 고교·전문대 통합교육 육성사업(Uni-Tech·이하 유니테크) 16개(수도권 5개, 지방 11개) 대학 사업단을 선정·발표했다.

이 사업은 고교 3년, 전문대학 2년, 즉 5년 통합교육과정으로 현장실무형 인재를 양성하게 된다. 올해 하반기부터 특성화 고교 1학년생 480명이 유니테크 사업의 통합교육을 받게 된다. 사업단별로 일·학습 병행제 기준에 따라 매년 최대 20억원씩 국고 지원을 받는다. 유니테크 사업 참여 학생들은 입시·취업 부담에서 벗어나 5년 동안 직무능력교육을 집중 이수한 후 참여 기업에 입사하게 된다.

이 사업은 고용노동부와 교육부가 협업하는 최초 모델로 능력 중심 사회로 도약함과 동시에 고용·취업정책에 대전환을 기대하게 한다. 사업 성공을 위해서는 몇 가지가 반드시 보완·해결돼야 한다.

첫째, 교육과정 운영에 대한 고교 교장의 자율권이 제한돼 있는 현 상황에서 기본적 교육과정 이수와 학기 중 참여 기업에서의 실습 및 부분 근무를 위해 각 시·도교육청의 적극적인 배려와 협조가 필수다. 방학 기간에 현장 견학, 실습 같은 교육 기회도 반드시 열어줘야 한다.

둘째, 사업 재원을 고용노동부에서 지원한다고 해서 고용노동부(산업인력공단) 주도로 교육과정을 운영할 경우 기본적인 고교 교육과정 문제나 유관기관 간 불협화음이 생길 수 있다. 따라서 관계기관들이 모여 충분한 논의를 거쳐 사업 정체성을 확실히 세우고 시행해야 한다.

셋째, 참여 학생의 병역 문제가 검토돼야 한다. 5년간 집중적 현장실습 교육을 받고 졸업 후 현장에 투입되는 단계에서 입대할 경우 집중교육의 의미를 잃을 수 있다. 참여 학생은 일정기간 연계된 기업에서 산업요원으로 근무하는 병역 대체 근무제도 혜택을 줘야 한다.

넷째, 교육부 직제 개편이 필요하다. 현재 교육부에는 전문대학 관련 부서가 '전문대학정책과' 하나뿐이다. 1개과 10여 명 인원으로는 NCS 기반 직업교육 관련 업무를 감당할 수 없다. 직업교육의 산실인 전문대학이 질 높은 교육 서비스를 제공토록 하기 위해 '전문대학국'으로 직제를 개편하는 것을 검토해 주기 바란다.

2015-10-21   중도일보: http://www.joongdo.co.kr/web/view.
php?key=20151020000002529

[기고] 왜곡된 역사 교육

역사교과서 문제로 온 나라가 들끓고 있다. 현재 검정교과서들은 대한민국의 정통성을 부정하고 한민족의 정통성이 북한에 있는 것처럼 기술하고 있다. 한국사의 출발을 헌법에 명시한 대한민국 임시정부보다 여운형의 건국준비위원회에 두고 있다. 소련은 해방군이지만 미군은 점령군이고 대한민국의 건국이 조국분단의 원흉이며 북한은 자주 국가이지만 남한은 미국의 식민지이다. 북한의 주체사상은 사람 중심의 세계관이고 인민대중의 자주성을 실현하기 위한 것이라며 북한의 주장을 그대로 소개하고 있다.

6·25전쟁이 북한의 남침임을 밝히지 않는 역사교과서가 중·고등학생을 대상으로 한 대한민국의 역사교과서라면 놀라지 않을 수 있겠는가? 역사교과서 갈등의 원인은 복합적이지만 근본적으로는 현재의 검정교과서가 이념적으로 좌편향적이라는 인식 때문이다.

그 실상을 더 파헤쳐 보자.

두산동아출판사가 발간한 고교검정교과서 현대사 부문을 펼치면 '북한, 정부를 수립하다'라는 소제목 아래 북한이 1948년 8월 25일 남북인

구 비례에 따라 최고인민회의 대의원을 뽑는 선거를 실시했다. 북한과 남한에서 선거로 뽑힌 대의원들은… (중략) …김일성을 수상으로 선출하였다고 기술하고 있다. 북한 정부가 마치 남북한 전체 주민의 투표에 의해 수립된 것 같은 인상을 준다. 더구나 본문 옆의 주석은 "남한에서는 공개적으로 선출할 수 없었기 때문에 비밀리에 실시되었다"고 부연 설명하고 있다. 남한에서 북한 정부를 만들기 위한 비밀투표가 실시되었다는 북한의 주장을 그대로 서술하고 있다.

천재교육 교과서는 유엔총회는 대한민국 정부를 선거가 가능했던 38도선 이남지역에서 정통성을 가진 유일한 합법정부로 승인했다고 기술했다. 즉 1948년 12월 유엔총회가 대한민국 정부를 유일한 합법정부로 승인한 범위가 한반도가 아닌 남한이라는 것이다.

또 이 교과서에는 김대중 전대통령이 4회 등장한다. 민주화운동, 베트남 방문, 남북정상회담 등 대체로 긍정적인 내용이다. 반면 박정희 전대통령은 5·16 군사정변 당시의 군복차림에 검은색 선글라스를 착용한 사진 '한 장' 뿐이다. 쿠데타라는 부정적 이미지를 주는 사진 한 장뿐인데 비해 북한의 김일성 주석은 3회 등장한다.

미래엔 교과서는 한국의 경제발전 과정에서 대기업과 기업가들이 맡았던 역할에 대해 "대표적인 기업인들은 각종 혜택을 악용하여 횡령과 비자금 조성을 일삼고 세금을 포탈하거나 수출대금을 해외로 빼돌렸다"며 부정적 측면을 부각시키고 있다.

지난 70년 동안 세계 유례가 없는 산업화와 민주화를 모두 성공적으로 이뤄낸 자랑스러운 대한민국의 발자취를 젊은 세대에게 자긍심을 갖도록 가르쳐야 하는 역사교과서가 이렇게 편향되게 비쳐서야 되겠는가?

역사교과서 국정화는 2013년 6월 박근혜 대통령이 취임 4개월 만에 '교육 현장의 왜곡은 반드시 바로 잡아야 한다'고 언급한 데서 시작됐다.

교육부는 2017년 3월 신학기에 적용하는 것을 목표로 오는 11월 말부터 국정교과서 제작에 본격적으로 돌입하며 내년 10~11월 역사교과서 심의본이 완성되면 전체를 전자문서 형태로 온라인에 공개해 교과서의 오류와 편향 서술에 대해 의견 수렴 및 수정과정을 거치겠다고 밝혔다. 이렇게 모든 국민에게 교과서 집필 과정을 투명하게 공개하는 국정교과서라면 받아들여야 하고 그 누구도 반대할 이유가 없다.

정부당국에 당부하고 싶은 것은 집필진을 비롯해 검토를 맡을 편찬심의위원회를 구성할 때에 집필진의 공모와 초빙의 방법을 결합하되 실적과 업적을 겸비한 역사학계 원로·역사연구기관장·교사·헌법학자·정치학자·경제학자·학부모까지 참여시켜 공평성과 균형 잡힌 올바른 국정교과서가 발간될 수 있도록 노력을 기울여 달라는 것이다. 정부가 책임지고 만드는 새 교과서는 국민을 통합하고 대한민국의 밝은 미래를 준비하는 역사교육의 토대가 돼야 한다.

2015-11-05   동아일보: https://www.donga.com/news/article/
all/20151104/74587381/1

[대학가는 길]품격 갖춘 기술인 키우는 충남 특성화 선도대학

신성대는 태촌 이병하 박사가 홍익인간 정신을 구현하고 세계화에 부응하는 전문기술인을 양성하고자 1995년 고향인 충남 당진에 설립한 학교다. 4개 계열 27개 전공을 보유한 신성대는 2~3년제와 4년제 학제를 모두 두고 있는 학제융합 전문대학이다. 올해로 개교 20주년을 맞은 신성대는 학생 중심의 첨단 교육 인프라 구축, 체계적인 행정운영 및 우수 교원 초빙, 그리고 설립이념인 '인성과 기술을 겸비한 품위 있는 전문기술인 양성'을 목표로 운영되고 있다.

신성대는 개교 첫해 대통령 자문기관인 교육개혁위원회로부터 특성화 모델대학으로 선정됐다. 이후 교육부 재정지원사업인 △특성화 우수대학 △전문대학 특성화 사업 △우수 공업계대학 △5년 연속 교육역량 강화사업 △주문식 교육 우수대학 등에 차례로 선정됐다. 2013년 교육부로부터 세계적 수준의 전문대(WCC), 2014년에 특성화 전문대학 육성사업(SCK)에 잇따라 선정됐다.

신성대는 공학, 자연, 인문사회, 예체능의 4개 계열 중 17개 과를 특성화학과로 지정하고 2014년부터 5년간 정부로부터 150억 원을 지원받아 세계적 수준의 명품 학교로 발전시키고 있다. 2018년까지 취업률 80% 이상 달성을 목표로 NCS에 기반을 둔 교육과정을 운영하고, 학생들의 숨겨진 재능을 취업의 열쇠로 만드는 기초교양프로그램 등 역량 강화를 위한 다양한 프로그램을 개발, 운영하고 있다.

2007년부터는 학과 경쟁력을 높이고 학과 브랜드 가치를 창출하고자 대학 자체적으로 명품학과를 선정해 육성하는 '명품학과 인증제도'를 운영하고 있다. 명품학과 인증은 단계별 핵심 평가지표를 설정하고, 이 지표를 전국 전문대학 중 상위권 학과의 수준에 맞춰 일정 점수 이상 취득한 학과를 최종 명품학과로 인증하고, 이후 발전 인센티브를 지급하는 등 학과별 자체적 발전을 유도한다. 취업률, 연구실적, 충원율, 자격증 취득률 등 사후 유효성 평가도 엄정하게 한다. 2008년 1호 명품학과로 미용예술계열이 선정된 것을 필두로 치위생과 제철산업과 간호학과 호텔조리제빵계열 전기과 등 2015년 현재 10개 과를 육성하고 있다.

신성대는 서해안 시대의 거점대학으로 아산만 대단위 산업단지 및 역세권 신도시와 연계한 새로운 개념의 복합형 캠퍼스를 마련해 경쟁력 있는 공학, 간호보건 분야, 인문사회 학과들을 집중 육성하고 있다.

신성대가 위치한 당진은 국가산업단지 3곳, 일반산업단지 4곳 등 전국적으로 가장 많은 산업단지를 보유하고 있는 지역이다. 신성대는 무한한 성장동력과 발전 가능성을 가진 지역적 토대 위에 지역 산업체와 산학협약을 맺고 산업체의 요구에 맞춘 전문기술인을 양성해 배출하고 있다.

신성대가 올해 교육부와 고용노동부 공동 주관으로 매년 최대 20억 원을 지원하는 취업보장형 고교-전문대학 통합교육과정, 유니테크 16개 사업단에 선정된 것도 지역 산업 특성화의 좋은 예다.

당진은 전국적으로 유입 인구 증가세가 가장 높은 지역이다. 신성대는 지역적 요구에 부응하여 간호학과, 물리치료과, 치위생과, 임상병리과, 작업치료과, 보건행정과 및 안경광학과로 특화 편성한 보건계열의 졸업자들을 지역 의료 기관에 취업해 즉시 실무현장에 투입될 수 있도록 특화 교육을 하고 있다.

신성대의 비전은 'BEST Innovation 2020 직업교육의 메카, 취업이 잘 되는 즐거운 대학, 신성대학교'다. 김병묵 신성대 총장은 "학과의 운영 목표와 이에 따른 교육과정 운영의 일치를 위해 2008년 6월 전문대학 최초로 교내 부설기관으로 교육과정 개발연구소를 신설해 운영하고 있다"며 "교육과정 개발연구소는 산업체가 원하는 인재를 양성하기 위한 노력의 일환으로, 1년 단위로 산업체의 직무 및 요구를 분석하고 이를 향상시켜 교육과정에 지속적으로 반영한다"고 말했다. 김 총장은 "이러한 노력의 결과로 2012년 NCS 기반 교육과정을 대다수의 학과에 성공적으로 적용했으며, 특히 철강과 전기 산업이 밀집한 당진시의 지역적 특성을 교육과정에 적극 반영한 제철산업과와 전기과가 최근 90%에 육박하는 취업률을 보여주고 있다"고 밝혔다.

신성대는 '품위와 인성을 겸비한 전문기술인 양성'이라는 교육목표를 달성하기 위해 '입학에서 취업까지'라는 기치 아래 인성교육을 강화하고 있다. 인성교육의 매뉴얼인 '바른 신성인 되기 프로젝트'를 추진함으로써 자칫 기술 습득에만 치중할 학생들을 품위 있는 전문기술인이 되도록 가르친다.

신성대는 17일까지 수시 2차 원서를 접수한다. 27개 과에서 정원내 일반고 전형, 특성화고 전형의 2개 전형으로 222명을 뽑는다. 학과별 성적 반영 비율은 학생부 100%(16개과), 학생부 80%+면접 20%(7개과), 학생부 30%+면접 20%+서류심사 50%(3개과)로 나뉜다. 제철산업과와 간호학과는 학생부 80%+면접 20%를 반영하는 동시에 수능 최저학력기준도 있다. 자세한 입시 안내는 홈페이지(www.shinsung.ac.kr) 참조.

2017-07-01   대전투데이: http://www.daejeontoday.com/news/
articleView.html?idxno=459041

신성대, 'WCC' 5년 연속 선정 쾌거

세계적 수준의 글로벌 인재 양성 선도대학으로 '우뚝'

[대전투데이 당진=최근수 기자] 신성대학교(총장 김병묵)가 교육부 주관 '세계적 수준의 전문대학(WCC·World Class College)'에 5년 연속 선정됐다고 밝혔다.

'WCC 사업'은 국내외 산업체의 요구 및 기술 변화를 수용할 수 있는 교육여건을 갖추고 계속적인 성장 가능성과 글로벌 직업교육역량을 갖춘 세계적 수준의 전문대학을 육성하기 위한 정부의 정책지원사업으로, 전문대학이 누릴 수 있는 최고의 영예로 꼽히는 사업이다.

신성대를 비롯한 18개교 'WCC' 선정 대학은 향후 2년간 평균 6억 6,000만 원의 사업비를 지원받게 됐다.

신성대는 올해 WCC 선정에 따라 '실전형 글로벌 인재양성'을 WCC 사업의 목표로 정하고 △국제적 통용성 강화, △교육품질 관리 인정체제 확립, △창의·인성교육, △핵심역량 강화, △대학 대표 브랜드, △자율적 프로그램을 세부 추진과제로 정해 국가와 지역발전에 기여하는 실전형 글로벌 인재를 양성하기로 했다.

김병묵 총장은 "우리 신성대는 4차 산업혁명시대를 선도할 미래 지향적 융합 인재 양성을 위해 노력하고 있다"며 "융·복합 교육, 창의성 교육, 진로교육 강화 등 WCC 대학으로서의 위상을 드높이는 선도대학으로 거듭나겠다"라고 포부를 밝혔다.

교육부는 2011년부터 전국 137개 전문대학을 대상으로 WCC 대학을 선정해오고 있으며, 올해는 지난해 9월 실시된 재지정 평가와 지난 5월에 발표된 특성화 전문대학(SCK) 육성사업 연차평가 결과 등을 토대로 평가를 실시해 총 18개 대학을 WCC로 최종 선정했다.

2017. 5. 20

賀序

김병묵(신성대학교 총장)

　이병하 설립자·이사장님! 노사 간을 비롯한 사회적 갈등이 심하고 집단적·개인적 이기주의가 팽배한 풍조에서 대학의 설립은 잘못된 발상이란 주변 사람들의 적극적인 반대에도 불구하고 자라나는 청소년들에게 꿈과 희망을 키워 주며 배움의 길을 열어주어야 한다는 일념으로 대학이 없었던 당진시에 신성대학교를 설립하신 지 어언 20년이 되었습니다. 그리고 대학을 20년 만에 특성화된 세계적인 수준의 대학으로 발전시키셨습니다. 그 경이로움에 놀라지 않을 수 없습니다.

　이사장님에게는 참으로 가난했던 어린 시절이 있었습니다. 가정 형편상 정상적인 교육을 받을 수 없을 정도의 어려운 가정환경이었지만 워낙 공부하고 싶은 향학열과 희생적인 형님의 도움으로 힘들게 대학까지 나오실 수 있었습니다. 대학 졸업 후 잠시 공무원 생활을 거쳐 중소기업 신성레미콘 주식회사를 창업하셨습니다. 산전수전 끝에 노태우 정권

시절 200만 호 주택건설이라는 호황기를 맞았을 때 다른 경쟁업자들은 노사갈등에 휩싸였으나 신성레미콘만은 노사 간의 화합 속에 많은 수익을 올릴 수 있었습니다.

모은 재산을 사회에 환원하기로 결단하고 그 방법은 인재를 양성하되 산업기술인재를 길러내야겠다고 결심하고 특성화된 신성전문대학을 설립하셨습니다. 지속적인 투자와 열정을 바친 끝에 20년 만에 명실공히 대한민국 10대 전문대학으로 발전시키셨습니다. 2013년에 교육부가 선정한 WCC(World Class College)대학 즉, 세계적인 수준의 대학으로 평가되고 2014년에는 공업·보건계의 특성화 대학으로 선정되어 5년간 약200억 원의 국고지원을 받게 되는 영예도 차지하셨습니다. 경하드리지 않을 수 없습니다.

"루소"는 식물은 재배를 통해 가꾸어지지만 인간은 교육을 통해 만들어진다고 했습니다. 그래서 이사장님은 인성교육을 매우 소중히 여기셨습니다. 인성교육을 필수과목으로 학점화시켰고 신입생들에게는 손수 강사 역할도 하셨습니다. 인격과 인성을 바르게 갖추어 사회에 내보내기 때문에 많은 기업들이 우리 졸업생들을 선호하고 있습니다. 거기에 95퍼센트의 취업률을 매년 유지하고 있는 비결은 바로 인성교육의 효과라고 할 수 있습니다.

이사장님은 비교적 과묵하신 성품에 외유내강하신 분으로 신의와 성실로 다져진 경륜 속에 한 번 결심하면 중도포기 없는 강력한 추진력으로 성공적인 결과를 이루어 내는 강인한 분이십니다. 이순신 장군이 명량해전에서 필사즉생 필생즉사(必死則生 必生則死)의 사생관을 견지하고 전투력이 열악한 어려운 상황에서도 지혜와 통찰력, 솔선수범과 진두지휘로 무에서 유를 창조하며 전쟁을 승리로 이끌었듯이, 이사장님께서도 남다른 지혜와 올바른 판단력, 그리고 뛰어난 통찰력과 탁월한 지도력으로 전국사학법인연합회장과 한국전문대학교육협의회장의 중책을 맡아 온갖 저항과 어려움을 극복하면서 우리나라 고등교육발전 특히, 사학발전에 지대한 공헌을 남기셨습니다. 정부도 그 공적을 높이 기려 2014년도에 국민훈장모란장을 수여하였으며, 우리나라 교육계로부터 깊은 신뢰와 존경을 받는 참으로 외경스러운 분이십니다.

이사장님은 또한 충남발전협의회장직을 맡아 당진항 개발을 비롯한 충남지역 발전에도 크게 기여하셨으며, 밝은사회클럽 한국본부 총재직을 맡아 밝고 평화로운 사회를 건설하는 데에도 솔선수범하심으로써 이웃과 세상에 큰 감동을 안겨주셨습니다. 이러한 헌신적인 봉사의 자세는 아무나 흉내 낼 수 없는 이사장님의 고매하신 인품과 선지자적인 인간성으로부터 기인한 역정의 족적들일 것입니다.

이사장님께서 신성대학교를 설립하시어 짧은 역사 속에서도 기적과 같이 명문대학으로 발전시키신 공적은 우리나라 고등교육 발전사에 길이 남을 것입니다. 남은 여생 더욱 열정을 바치실 것으로 사료되어 우리나라 교육계에 큰 별이 되시어 찬란하게 영원히 빛나실 것입니다.

사실 우리나라의 사학들은 위기에 처해있다고 표현해도 과언이 아닙니다. 국·공립학교와는 달리 학교마다 차별화된 설립목적을 가지고 있는 사립학교들은 그 설립목적을 근거로 차별화된 교육을 일구어 나가야 함에도 정부의 지나친 규제와 통제로 설립이념을 구현하지 못할 뿐만 아니라 다년간의 등록금 동결 및 반값등록금 정책으로 사립학교들은 존폐의 위기에 놓이게 되었습니다. 이러한 암울한 상황 속에서도 이사장님께서는 지속적인 투자와 후원을 아끼지 않으시니 참으로 존경스럽습니다. 사람은 큰 사람 밑에서 큰 배움을 얻는다고 했습니다. 저는 설립자·이사장님 밑에서 많은 것을 배우게 되는 행운아가 아닐 수 없습니다.

이제는 그렇게 줄기차고 숨가쁘게 달려오셨던 걸음을 조금은 늦추시며 건강도 챙기시는 가운데 망망대해(茫茫大海)를 거침없이 헤쳐 나가는 신성호를 뒤에서 지켜봐 주시길 바랍니다. 부디 하나님께서 이사장님과 함께하시며 우리 신성대학교의 발전에 한없는 은총을 베풀어 주시길 축원합니다.

2020-10-08

[ICK(혁신) 특집/신성대학교] 현장기반 교육혁신 통해 '미래융합 핵심 인재' 양성

[ICK(혁신) 특집/신성대학교] 현장기반 교육혁신 통해 '미래융합 핵심 인재' 양성

수요 맞춤형 취업중심 대학 실현

언택트 교육 시대 혁신교수법 적용·확산

학생 자기 주도적 역량 개발 지원 강화

교과·비교과 융합 교육 프로그램 운영

현장실습·취업 연계 산학협력 '고도화'

미래 산업 주도 전문기술인재 양성 앞장

[한국대학신문 허정윤 기자] 신성대학교(총장 김병묵)는 홍익인간의 정신 구현, 국력신장과 세계화 추세에 부응한 산업기술인의 양성, 기업 이윤의 사회 환원, 조국과 민족의 영원한 번영을 위해 인재육성이라는 건학이념을 바탕으로 설립됐다. 신성대는 성실·창조·봉사의 교훈과 사

회적 변화 요구를 반영한 교양과 인성을 갖춘 민주시민을 기르며, 국가 발전에 기여하는 전문기술인재, 미래사회를 선도하는 창의융합인재를 인재상으로 삼고, 이러한 인력양성을 목표로 한다.

신성대는 환황해(環黃海)의 전문기술인 양성을 견인하는 자율혁신 취업중심 대학으로 거듭나고자 'SUPREME 전략'을 세웠다. 이에 따라 신성대는 6대 역량을 산업현장의 직무에 실질적으로 연계시키기 위해 대학의 중장기 발전계획 4대 추진전략으로 'A-PRO'를 계획했다.

신성대의 'A-PRO 전략'은 산업과 기술 변화에 교육혁신으로 대응하고, 역량 개발을 통해 학생들의 교육의 질을 높이고자 고안됐다. 이는 지역과 국제사회와 연계를 강화하고, 산업현장 중심의 경험과 기술을 지향하는 맞춤형 전략이다. 4차 산업혁명에 따른 산업과 기술의 변화, 숙련된 인력양성 요구, 평생교육을 통한 지속적인 경력개발의 중요성 증가 등 교육혁신이 요구되고 있다.

신성대는 기술변화에 대응해 창의융합, 전문기술, 직업기초(핵심역량), 인성과 협업, 자기주도 및 글로벌 역량으로 6대 역량을 정립해 학생의 역량개발 지원체제를 구축해 혁신지원사업을 추진한다.

■ 교육혁신으로 전인적 현장융합인재 양성= 신성대의 혁신사업은 각각 교육혁신, 산학혁신, 기타혁신의 3개 영역으로 나눠 추진되고 있으며, 각 혁신별 달성 목표와 성격에 따라 세부프로그램이 진행 중이다. 환경적인 변화로 인해 1차년도 사업에서 현 상황과 맞지 않는 부분을 변경해 프로그램을 진행 중이며, 코로나19 확산에 따른 언택트 교육도 가속

화하고 있다. 이런 가운데 신성대는 대학의 혁신교수법 적용 및 확산을 통해 언택트 교육 기반을 강화하고, 이에 따라 학생의 자기 주도적 학습 역량을 강화했다.

신성대의 교육혁신은 전인적 현장융합인재 양성하고자 한다. 현재는 교과 및 비교과 교육 시스템 혁신을 위해 프로그램을 크게 다섯 가지로 나눴다.

첫 번째로는 대학 교육과정의 개편 및 질 관리를 위해 SU-4차 산업을 대비한 현장기반의 창의 융합교육과정 운영한다. 이는 4차 산업혁명 등 환경 변화에 대응해 현장기반의 융합인재를 양성하기 위한 과정이다. 두 번째로는 혁신 교수방법 활용 확대 및 교수학습 역량 강화를 통한 교육 효과성 강화를 목표로, SU-혁신 교육방법 활용 확대 및 교수학습역량 강화를 추진한다. 세 번째로는 SU-학생 진로 및 정서지원을 통해 학생 진로와 정서 지원을 실행한다. 이는 학생들의 대학 생활 만족도 향상 및 중도탈락 예방을 가능하게 할 것으로 전망된다. 네 번째로는 학생 취·창업 역량 강화를 통한 취업률 및 창업률을 높이기 위해 SU-학생 취업역량 강화를 추진한다. 마지막으로 수요 맞춤형 시스템 구축을 통한 활용성 제고를 이룩하기 위해 SU-수요 맞춤형 시스템 구축을 구축한다.

■ 산학협력 바탕 산업체 수요 맞춤형 교육 실시= 신성대는 산학협력 혁신전략으로는 현장전문가 참여와 협력을 통한 대학 교육역량 및 지역 산업체 역량개발지원을 위해 SU-산업체 수요 맞춤형 도제 교육 운영 프로그램을 진행하고 있다.

교육서비스 및 지역산업체 역량 혁신을 위해 산업체 수요 맞춤형 공동교육 프로그램을 운영하고, 협력산업체 인증 및 협약관리 등 가족회사 네트워크를 강화해 기업 연계 교육지원을 강화한다. 또한 산업체와의 공동프로젝트 추진 및 융합기술지도·컨설팅 지원, 학교기업 운영을 통한 지역산업체 역량개발 및 지역상생협력을 지원하고 있다.

이밖에 기타혁신 전략으로는 대학 혁신거버넌스 구축을 통한 지역사회 상생기반 및 글로벌 역량혁신에 중점을 뒀다. 먼저 지역사회 네트워크 강화를 통한 지역사회 활동 및 교육지원 강화하기 위한 목적으로, SU-지역사회 네트워크 및 연계를 강화를 추진한다. 이어 열린 대학교육 혁신을 위한 거버넌스 구축 및 운영을 목표로 한 SU-대학 혁신 거버넌스 구축 및 운영한다.

■ 현장 실무 중심 전문기술교육 성과 입증= 신성대는 전문기술교육으로 육성된 현장 실무형 인재를 우수 기업에 취업시키는 산학연계 프로그램인 유니테크(Uni-Tech)사업을 추진했다. 이를 통해 신성대는 2019년도 유니테크(Uni-Tech) 일학습병행 공동훈련센터 성과평가에서 최우수 대학(S등급)에 선정됐다.

신성대는 코로나19 확산 속에서도 온라인을 통한 교내 학습방법 경진대회를 개최했다. 이는 학생들이 비대면 수업 기간 중에 자기주도 학습 능력을 배양하고 창의성을 발휘할 기회를 제공했다. 그 결과 2020년 전국 전문대학생 학습방법 경진대회에 신성대 교내 경진대회 수상 작품을 출품해 우수상과 장려상을 수상했으며, '2020 한국감성과학회 춘계

학술대회'에서는 캡스톤디자인 부문에서 최우수상 1개와 우수상 2개를 수상했다. 포스터발표 부문에서도 우수상 1개 등 전 부문에 걸쳐 무려 12개(최우수상 1개, 우수상 3개, 장려상 8개)의 상을 받는 등 우수한 평가를 받았다.

신성대는 이 밖에도 일본 나가노에서 개최된 'ICES2019 국제학술대회'와 인도 첸나이에서 열린 'ICAME2020 세계 대학생 캡스톤디자인 경진대회' 등 국내외 주요대회에서 입상하며, 교육부의 '전문대학 혁신지원사업' I유형 프로그램 운영의 성과를 거두고 있다. 또 신성대는 학생들이 참여해 이룬 성과 이외에도 고등직업교육의 신뢰성 제고를 위한 대학의 교육과정 및 학생지원에 대한 교육품질 및 성과관리의 종합적인 고도화를 추진한다.

신성대는 전문대학 취업률 전국 '나' 그룹에서 지난 5년간 지속적으로 2, 3위 서열을 유지하고 있다. 이러한 성과는 산업침체에도 산업변화의 수요를 읽어낸 수요 맞춤형 교육혁신과 지역 산업체와의 지속적인 산학협력을 통한 주문식 교육프로그램에 따른 상생협력 모델의 결과로 판단된다.

신성대 측은 "신성대의 교육혁신은 새로운 시대와 환경이 요구하는 역량을 명확하게 정립하고, 시대가 요구하는 인재를 정확하게 양성하는 데 집중한다"라고 말했다. 신성대는 시대의 요구가 짧은 주기로 다변화하는 상황을 적극적으로 반영해 변화의 최전선에 있는 산업체, 특히 지역산업체와의 긴밀한 관계를 토대로 기술과 산업변화에 유연한 교육혁신을 실현해 나가고 있다.

[인사말] 김병묵 총장, "전인적 현장융합인재 양성 국내 고등직업교육 선도"

신성대는 4차 산업혁명 시대의 요구에 맞춰 대학 중장기 발전계획에 토대를 둔 혁신교육을 실천하고 있습니다. 또한, 산업변화, 기술변화에 따른 숙련된 인력양성 요구와 평생직업인으로서 경력개발의 중요성 증가 등을 집중화시키려는 노력을 기울이고 있습니다.

대학의 중장기 발전계획을 고도화하고, 시대적 요구에 맞는 인재를 양성하기 위해 '4차 산업 수요 맞춤형 미래융합 核心+人 양성'을 교육혁신의 목표로 삼고, '전인적 현장융합인재 양성을 위한 교과 및 비교과 교육 시스템 혁신'을 추진하고 있습니다.

교육 시스템 혁신을 위해 교육과정에서 현장기반 창의융합 교육 프로그램을 운영하고 비정규 프로그램을 통해 취업역량을 높일 수 있도록 지원하고, 학생진로 및 정서지원을 위한 프로그램도 함께 진행하고 있습니다. 최신 교육방법을 활용한 교수학습 지원 분야의 주요 혁신추진을 기반으로 현장 기반의 창의융합 교육과정 운영 및 질 관리, 교수학습역량 강화, 학생 취업 및 창업역량 강화, 학생진로 및 정서 지원, 수요 맞춤형 교육환경 및 시스템 구축과 같은 교육혁신 분야 5대 프로그램을 운영합니다.

이러한 교육혁신의 노력을 통해 우리 학생들이 미래융합 실무분야의 전문성을 함양하도록 돕고, 대학 교육체제를 혁신해 4차 산업혁명 시대에 적응할 수 있는 수요 맞춤형 미래융합 핵심인재를 양성하고 있습니다.

신성대는 대학이 추구하는 교육목적의 달성을 위해 정규 교육과정 및 각종 비정규 프로그램을 기반으로 한 학생들의 자발적인 학습참여를 확장함으로써 학습자 만족도를 더욱 향상했습니다. 더불어 전문분야별 창의적 융합인재를 배출함으로써 대학인지도 향상과 더불어 전문대학 고등직업교육의 긍정적 확장을 선도할 것입니다.

인적사항

생년월일 : 1943년 5월 19일생

E-Mail : kimbmook@daum.net

경희대학교 법과대학 법학과 졸업(법학사)

일본 近畿(긴키)대학 대학원 법학연구과 졸업(법학석사)

일본 近畿대학 대학원 법학연구과 박사과정 졸업(법학박사)

경력

경희대학교 법과대학 교수

경희대학교 학생처장

경희대학교 법과대학장

경희대학교 경희법학연구소 소장

경희대학교 행정대학원장

경희대학교 기획조정실장

경희대학교 부총장

경희대학교 총장

경희대학교 명예교수

현 신성대학교 총장

교외

법질서연구회 책임연구원(일본)

일본 近畿大學 강사

일본 近畿大學 객원교수

단국대학교 관선이사

교육부 사립학교법개정자문위원회 위원

경찰청 개혁위원회 위원(제도분과위원장)

한국교직원공제회 운영위원

전국대학부총장협의회 회장

한국교직원공제회 교육상제정위원회 위원장

한국사립대학총장협의회 회장

한국대학교육협의회 회장

대통령직속 민주평화통일협의회 부회장

대한민국ROTC중앙회 회장

한국국방연구원 이사

서울신문사 명예논설위원

충청향우회 부총재

일본 近畿대학교 법학부 객원교수

현 안보경영연구원 이사

사법시험, 행정고시, 지방고등고시 출제위원 역임

학회활동

전 한국헌법학회 부회장

전 한국공법학회 부회장

상벌

화랑무공훈장 수상(제001675호)

자랑스런 ROTCian상 수상

자랑스런 경희인상 수상

청조근정훈장 수상(제815호)

2016년 자랑스러운 충청인 교육부문 특별대상 수상(충청 향우회 중앙회)

2019년 대한민국 CEO 명예의 전당 교육혁신 부문 수상(산업정책연구원)

2019년 대한민국 혁신기업대상 수상(한국일보)

대학 이야기

80세 대학 총장의 열정

1판 1쇄 인쇄 2023년 11월 6일
1판 1쇄 발행 2023년 11월 15일

지은이 김병묵

발행처 해토
발행인 고찬규

신고번호 제2009-000194호
신고일자 2003년 4월 16일

주소 (04029) 서울특별시 마포구 양화로7길 84 영화빌딩 4층
전화 02-325-5676
팩스 02-333-5980

ISBN 979-11-982233-6-4 03810